La Entrega

Iohamil Navarro Cuesta

Published by UriArte Publishing & Consulting, 2024.

Derechos de Autor

© 2024 Iohamil Navarro Cuesta.
La Entrega
Segunda edición. 4 de abril de 2024
Todos los derechos reservados
Los personajes y eventos retratados en este libro son ficticios. Cualquier similitud con personas reales, vivas o fallecidas, es puramente coincidencial y no es intencionada por parte del autor.
No se permite la reproducción total o parcial de este libro, ni su almacenamiento en un sistema de recuperación, ni su transmisión de ninguna forma o por ningún medio, ya sea electrónico, mecánico, fotocopiado, grabado u otro, sin el permiso expreso por escrito del editor.
Autor: Iohamil Navarro Cuesta.
Ilustrador de portada: Jorge López.
Editor: Edelmis Anoceto Vega.
Editor en jefe: Jesús A. Uriarte.
Publicado por UriArte Publishing & Consulting.

Tabla de Contenido

La Entrega 1
Capítulo I | Asalto 3
Capítulo II | Interrogatorio 14
Capítulo III | Despistando al enemigo 32
Capítulo IV | De vuelta a casa 53
Capítulo V | Amigos 73
Capítulo VI | Rosa 89
Capítulo VII | La traición 114
Capítulo VIII | Empezar de cero 129

Para Manuel, Hugo, Cándido, Marcos, Ageo y muchos otros que, como ellos, dieron su vida por una causa que los traicionó.

"En silencio ha tenido que ser [...], porque hay cosas que, para lograrlas, han de andar ocultas...".
José Martí

Capítulo I
Asalto

El pesado silencio de la madrugada le molestaba. Acostado en el pequeño sofá de la sala, giraba una y otra vez con la esperanza de dormirse. Sentía que su cuerpo estaba rígido y tenía los brazos entumecidos. Se puso de pie, recogió un cojín cilíndrico del piso y lo colocó sobre el sofá. Se quitó el pulóver de dormir, se acomodó el pijama—short y estiró el cuerpo lo más que pudo. Miró hacia el fondo del bungalow, a la oscuridad del cuarto, para cerciorarse de que nadie se había despertado a causa del ruido. Abrió una persiana interior de madera situada encima del sofá y observó los alrededores a través de la ventana de cristal exterior. La luz de la luna casi llena penetraba irregularmente el espeso bosque circundante y las montañas que lo bordeaban. Dudó entre volver a encender el televisor o no para lograr ese maldito descanso que tanto se le resistía.

—Mejor no —se contestó a sí mismo entre dientes. Sabía que era una mala decisión.

El hombre regresó al sofá y colocó su cabeza sobre la improvisada e incómoda almohada, cerró los ojos y esperó que el sueño llegara sin contratiempos. Lo había conseguido, o al menos creyó que estaba soñando, cuando se abrió silenciosamente una de las estrechas hojas de la puerta principal del bungalow, dejando que la suave luz de la lámpara del portal se colara furtivamente a través del umbral. «Definitivamente estoy soñando», pensó. La sombra inmóvil de una persona esbelta vestida con ropa oscura y con un pasamontañas negro impenetrable cubriéndole el rostro enturbiaba el sueño del hombre, quien se confundía con su imaginación nocturna. La sombra dio un paso hacia el interior de la sala.

—¡Hijo de puta! —de su boca se escapó un grito ahogado, casi un murmullo.

El hombre saltó como un gato desde el sofá, intentando agarrar a la sombra, pero no lo logró. La furtiva silueta se escurrió y desapareció en la oscuridad. Cerró la puerta tras la huida del desconocido y bloqueó el acceso con un pequeño pero pesado aparador que estaba al costado de esta. Corrió ágilmente hacia la habitación, se arrodilló junto a la cama donde dormían una mujer y dos niños pequeños, y la despertó con un torpe movimiento.

—¿Qué pasó Tino? —le respondió la mujer, molesta y soñolienta, mientras agarraba de la mesa de noche el reloj de pulsera plateado Baumé&Mercier que marcaba las cuatro y media de la mañana.

—Rápido, Claudia, vístete. Despierta a los niños.

Tino se acercó con prisa a la ventana del cuarto mientras Claudia se abrazaba a sus hijos sobre la cama, mirándolo asustada y en silencio. Abrió la persiana de madera y deslizó hacia el costado derecho la ventana de cristal. Recorrió con la mirada el perímetro del bungalow. Todo permanecía en calma, las tenues luces del camino de piedras que unían los cuatro restantes bungalows a través de un único sendero estaban encendidas. El movimiento brusco de unas ramas a unos veinte metros de distancia atrajo su atención. Tan pronto localizó la sombra que había provocado el ruido saltó por la ventana hacia el exterior.

—Cierra la ventana. Dentro de diez minutos, llama a la policía.

Pareció una orden más que un pedido de Tino, quien se perdió inmediatamente en la oscuridad de la noche. Claudia corrió hasta la ventana, se aseguró de que cada pestillo estuviera en su sitio y regresó a la cama para despertar a sus hijos tal y como él le había dicho.

Tino se movía sutil y ligeramente entre la agreste vegetación siguiendo la pista de la sombra. Se desplazaba con la habilidad de un militar entrenado, persiguiendo sigilosamente el rastro que había identificado. Los cortes de las ramas en su rostro y torso desnudo no le molestaban, sentía que estaba próximo al intruso. Al llegar hasta los pequeños y frondosos arbustos que aislaban una elevada cerca perimetral electrificada, se escondió entre ellos. Desde allí podía ver una puerta de hierro fundido con dos lámparas encendidas en su borde superior que iluminaban un cartel metálico donde se leía Hostal Los Soles. La verja estaba cerrada y sus controles manuales destruidos, al igual que las cámaras del circuito cerrado de televisión que protegían el acceso al establecimiento. Las filas paralelas de las luces del sendero continuaban más allá de la entrada hasta llegar a la carretera. El intruso escaló hábilmente los tres metros de altura sin hacer ruido, sin apurarse, y se sentó en el tope, junto al cartel, listo para comenzar el descenso hacia el otro lado. Miró en todas direcciones, se mantenía el silencio total a pesar de haber sido descubierto un par de minutos antes dentro del bungalow. Colocó el pie izquierdo en uno de los diseños que formaban los barrotes de la reja e inició la bajada.

Tino despegó a toda velocidad y, de un salto, alcanzó la mitad de la verja; se impulsó hasta su punto más alto y quedó frente a frente al intruso con solo los barrotes de por medio, la sorpresa fue inevitable. El hombre aceleró el paso, pero Tino ya estaba al otro lado, dejándose caer con todo su peso sobre el cuello del intruso para evitar su fuga; ambos se desplomaron de un golpe sobre la tierra. Tino recuperó su posición colocándole sobre la garganta una rodilla desnuda que apenas lo dejaba respirar. Le quitó el pasamontañas de un tirón y lo miró directo a los ojos.

—¿Quién te envió? —preguntó, convencido de que no había sido un accidental intento de robo—. Whosentyou? —Esta vez lo interrogaba en inglés, pero confiado en que no iba a recibir respuesta.

Estaba seguro de que lo había entendido. Levantó la vista por un momento; exploró los alrededores en busca de cómplices mientras su rodilla presionaba un poco más y el rostro del extraño se enrojecía rápidamente. Intentaba zafarse, pero le era imposible, la técnica de inmovilización de Tino era perfecta y cualquier movimiento que hacía consumía el poco oxígeno que fluía por su cuerpo, o respiraba algo o se ahogaba en el intento. Tino retornó la vista al cuerpo inmovilizado y alzó la pierna. El intruso, que estaba a punto del desmayo, tosió de alivio forzando su torso hacia adelante bruscamente. Tino giró tras él y le agarró con la mano izquierda la mandíbula mientras sostenía rígidamente su cabeza con la derecha. Con un gesto rápido y seco torció noventa grados el cuello del hombre fracturándolo inmediatamente. Dejó caer al suelo el cuerpo inerte.

—Groom, ready for your party?

Tino se quedó quieto al escuchar la pregunta y con el sonido de fondo característico de un walkie-talkie. Registró el único bolsillo del pantalón del intruso cerrado por una gruesa cremallera. Extrajo el walkie-talkie, hurgó en el bolsillo, pero no había nada más. Buscó en la tierra algún tipo de transmisor inalámbrico, no tuvo suerte. Caminó con cautela de vuelta a los arbustos al costado del sendero para camuflarse entre ellos. Esperó un par de segundos.

—Groom? —preguntó la misma voz, pero ahora con preocupación.

Tino se alistó. Presionó el botón para hablar por el walkie-talkie.

—The groom stays —afirmó a la espera de una reacción.

Las luces de un auto estacionado en la carretera junto al camino de entrada al hostal se encendieron tan pronto transmitió el mensaje y el vehículo se alejó a toda velocidad. Tino se irguió y lo siguió con la vista hasta que se perdió en una de sus curvas oscuras. Ya se escuchaban, cada vez más cerca, las sirenas de los autos de la policía que iban en camino hacia el Hostal Los Soles.

El sonido de las sirenas de la policía se colaba a través del grueso vidrio de la ventana. Tino recorría con su vista el centro de Montreal gracias a la altura donde se encontraba. Todos los techos de los edificios aledaños comenzaban a cubrirse de blanco, al igual que las calles. La nevada era ligera, pero ininterrumpida y muy visible debido a la temprana caída de la noche. Escuchaba pacientemente algo al teléfono. No estaba conforme con lo que le decían, pero tampoco tenía intenciones de discutir. El teléfono, propio de la habitación de cualquier hotel, no le permitía alejarse mucho por culpa del cortísimo e incómodo cable, así que apenas se movía.

Hizo un rápido conteo mental de los autos de la policía que, en fila, organizaban el tráfico camino al Bell Centre, donde se anunciaba, en las pantallas gigantes exteriores, un partido de hockey sobre hielo de los Canadiens, ídolo local solo comparable con sus venerados Industriales en la liga de la pelota cubana. Disfrutaba la atmósfera porque, sin importar el juego que fuera, el montrealés era un fanático leal como él y el centro de la ciudad se ponía patas arriba antes y después del partido. Tino se tocó el pecho, había sentido la vibración del celular dentro de su saco que le alertaba de la llegada de un nuevo mensaje de texto. Extrajo un iPhone 6 color gris y leyó el mensaje.

—Tengo que bajar, me están esperando —explicó en tono conciliador en el auricular—. ¿Claudia? ¿Claudia?

Frustrado, colgó el teléfono, devolvió el celular al mismo bolsillo del saco y caminó hasta la puerta. Antes de marcharse, se ajustó la corbata frente al espejo que cubría la pared del diminuto pasillo de entrada.

El lobby del hotel Sheraton hervía de turistas que bebían todo tipo de bebidas alcohólicas disponibles. Hacían predicciones sobre el partido de hockey e interrumpían el primer (y relajante) trago del día de los hombres de negocios sentados en el bar del lobby, que retornaban a su hotel después de una agotadora jornada. Tino se dirigió directamente hacia la última mesa, donde estaban sentadas dos personas.

—Disculpa la demora, Rosa. ¿No han llegado aún? —preguntó, al tiempo que se sentaba a la mesa.

—No, pero deben estar por llegar —respondió Rosa—. ¿Qué hora tienes Miguel?

Miguel leyó la hora en el Omega plateado que lucía en la muñeca izquierda mientras degustaba un Jack Daniels con hielo en un vaso de cristal grueso y pesado.

—Las seis —contestó—. ¿Quieres algo? —le preguntó a Tino.

—Por favor —respondió este.

Miguel hizo un adiestrado gesto al camarero para que se acercara hasta su mesa. El camarero los conocía, no tardó más de diez segundos en llegar hasta ellos y se dirigió directamente a Tino.

—¿Cubalibre? —preguntó el camarero, confiado en que esa sería la respuesta.

—No, hoy no. Mejor tráeme un Havana Club Siete Años sin hielo.

No había terminado su pedido cuando ya el camarero se había marchado hacia la barra. Rosa recorría con la mirada el lugar esperando a alguien cuando el BlackBerry que estaba sobre la mesa junto a una botella de agua comenzó a timbrar. Enfiló su vista al celular, presentía la razón de la llamada, pero no hizo gesto alguno hasta que cesó de sonar. Volvió a timbrar y, en esta ocasión, sí respondió.

—Hello? —contestó en inglés y con voz firme. Escuchó por un instante y colgó. Irritada, agarró la botella de agua y se puso de pie—: Cancelada la reunión de hoy —se quedó pensativa por un segundo—. Que se vayan al carajo. Nos regresamos a Cuba.

Los dos hombres se sorprendieron con la drástica orden. Tino no cuestionó su decisión, Miguel, en cambio, intentó disimular su desacuerdo. El camarero, de vuelta con el trago, interrumpió el incómodo momento, dejó la bebida sobre la mesa y se volvió a perder entre el gentío del lobby.

—Todavía estamos a tiempo, Rosa —comentó Miguel mientras confirmaba la hora en su reloj—. Puedo establecer contacto con mi agente dentro del gobierno antes de que hagamos algo que pudiera ser irreversible. No creo que nos hayan hecho venir hasta aquí para ahora dejarnos plantados. ¿No te parece?

Miguel sacó su celular y lo sostuvo a la espera de su respuesta. Rosa permaneció de pie sin inmutarse ante la presión de Miguel. Tomó un breve sorbo de agua directamente de la botella y los miró con detenimiento.

—¿Qué tiempo hace que trabajamos juntos los tres? —les preguntó, sabiendo la respuesta de antemano.

Miguel y Tino no estaban claros del porqué de su interrogante. Ambos se miraban entre sí con desconcierto, sin saber qué responder.

—Incluido el período de mi antecesor —aclaró Rosa para liberarlos de la presión.

—Diez años —dijo Tino.

—Exacto. El tiempo suficiente para conocerme y saber que yo no voy a cometer el mismo error que le costó el puesto a él. Lo que estamos viviendo ahora mismo es la nueva guerra fría, pero a diferencia de la que ya yo viví en los ochenta y los noventa, y de la cual ustedes solo conocen lo que leyeron en los libros de historia; en esta, mientras yo sea la jefa de este departamento, los tres funcionamos en modo analógico porque a mí la digitalización sí que no me va a joder.

El silencio entre los tres fue absoluto.

—Bueno, por lo menos nuestros nuevos aliados los rusos no son muy informatizados que digamos —dijo Tino en broma, deseando cortar la tensión del momento.

El chiste no tuvo la aceptación que esperaba. Rosa se quedó inmóvil, sin hacer gesto alguno, mientras Miguel guardaba su celular.

—Da, tovarishch —confirmó Rosa en perfecto ruso—. Aun con todos sus defectos, ellos son los mejores aliados que tenemos en estos momentos.

De esa manera, dio por concluido su inesperado escarmiento. Estaba segura de que sus calmados comentarios habían surtido el efecto que buscaba. Justo en ese instante, la vibración del celular de Tino en el bolsillo interior del saco, a la altura de su torso, le provocó el acto reflejo de sacarlo para mirar el mensaje. Estaba en medio del movimiento para extraerlo, pero dudó ante la mirada de Rosa.

—¿No vas a responder? —le preguntó ella ásperamente.

No vaciló ante el desafío de su jefa y tomó el celular. Miguel disfrutó en silencio el intercambio entre ellos. Sorbía con placer cada mililitro del Jack Daniels mientras trataba de olvidar el regaño que había recibido segundos antes. Tino ojeó el mensaje sin darle mucha importancia.

—Es Claudia, de nuevo —afirmó fastidiado, colocando el celular de vuelta donde estaba.

Rosa sonrió con burla al escucharlo.

—Acaba de aceptar el divorcio, Tino, créeme. Te vas a sentir mejor cuando no la tengas molestándote cada minuto —le dijo casi en tono maternal.

—Ya he decidido aceptarle el divorcio. Tan pronto regresemos de las vacaciones en España a finales de este mes, firmaré los papeles.

Su jefa, complacida con la respuesta, se volteó y caminó hacia el elevador del lobby sin despedirse. Tino aprovechó el momento para tomar un largo sorbo de su Havana Club mientras extraía de nuevo el iPhone del saco. Miró con cariño y pensativo la foto de sus hijos.

—Siento mucho lo del divorcio.

El comentario lo hizo reaccionar. Esperó un par de segundos antes de responder.

—Gracias, Miguel, es lo mejor para todos —dijo con resignación, al mismo tiempo que colocaba el celular sobre la mesa.

Miguel bajó la vista, observó la foto de los niños en la pantalla del teléfono.

—¿Por qué no vienes conmigo al club de Saint Catherine? —intentó animarlo.

—Coño, no me jodas, Miguel, que no estoy para putas hoy. Creo que mejor me voy al juego de los Canadiens, así me hago la idea de que estoy en el Latino gritándole a los Industriales y de paso libero un poco de energía.

—Mi hermano, los revendedores deben estar cobrando una fortuna hoy. Yo sé que el dinero no es problema para ti, pero es que tampoco estamos hablando de la Serie Mundial. ¿Dónde vas a encontrar una entrada a menos de una hora de que comience el juego?

—En el bar de Pietro, frente al Bell Centre.

Miguel frunció el ceño con preocupación al escuchar el nombre del lugar, pues no esperaba tal respuesta.

—Tú estás loco —le dijo condescendiente—. Te estás regalando, metiéndote en la boca del lobo y gratis. Un italiano con un bar en Montreal es pasto seguro para el FBI. Ese lugar debe estar lleno de micrófonos y cámaras por todas partes...

—No te preocupes tanto, igual todos nos conocemos —lo interrumpió Tino—. Dale, nos vemos en La Habana —le dijo mientras se levantaba y agarraba su celular de la mesa para marcharse camino al elevador, dejando a Miguel solo.

Tino, portando su gorra azul de los Industriales, se incorporó al grupo de fanáticos que caminaban desde el hotel Sheraton hacia el Bell Centre a través de la calle René Lévesque, gritando como uno más de ellos. Las vestimentas invernales producían un efecto de color uniforme en el grupo excepto sobre aquellos que desafiaban el frío y no cubrían sus torsos gracias a los excesos de todo tipo de sustancias. A Tino no le molestaba el crudo invierno de Montreal, se sentía a gusto, con una sola excepción: la sal que se utiliza en ciudades como Montreal para evitar que la nieve se hiele. Había decidido hacer el recorrido de tres cuadras que separaba el hotel Sheraton del Bell Centre sin tomar la estructura citadina subterránea que tan convenientemente permitía hacer vida social en esa urbe a pesar de sus bajas temperaturas. A la vuelta, cuando el frío se hubiera recrudecido y la sal que bordeaba las aceras y calles ya se hubiera convertido en un fango asqueroso, entonces sí tomaría el camino subterráneo.

El Bar Pietro, frente al Bell Centre, estaba a tope. Los fanáticos se apiñaban tanto fuera como dentro de este. Entró al lugar y se abrió paso tratando de no molestar mucho, ya el alcohol causaba efectos nocivos en los fanáticos y las refriegas entre ellos ocurrían a cada instante. Llegó a la barra con mucho trabajo y se acomodó entre los clientes como pudo.

Un hombre corpulento y calvo caminó en su dirección desde el otro lado de la barra. Tino fijó su vista en él al mismo tiempo que extraía un iPhone negro del bolsillo izquierdo de su pantalón. Escribió y envió un mensaje muy breve, y lo acomodó como pudo entre los vasos y botellas que se apilaban sobre la barra. El hombre, frente por frente a Tino, depositó, junto al celular, un oscuro portavaso cuadrado. Agarró una botella de Havana Club Siete Años que estaba sobre una de las neveras que quedaba a la altura de su cintura, vertió un poco del ron en un pequeño vaso de cristal transparente y lo colocó sobre el portavaso.

—Gracias, Pietro —dijo y se bebió el ron de un sorbo. Situó el vaso vacío sobre el celular, tomó el portavaso y lo colocó en el bolsillo izquierdo de su pantalón. Dio media vuelta y se dirigió hacia la puerta del bar. Pietro lo siguió con la vista hasta que se marchó. Tan pronto lo hizo, comenzó a recoger la barra repleta de vasos y botellas usadas, incluido el celular que Tino había dejado entre estos.

El televisor mostraba el final del juego de hockey entre los Canadiens y los Washington Capitals. Justo detrás de la portería de los Canadiens, Rosa podía distinguir a Tino con su inseparable gorra azul de los

Industriales, cantando y abrazándose con los fanáticos por la victoria de los Canadiens contra su archienemigo. Había terminado el juego y el público comenzaba a abandonar el Bell Centre. El sonido de las sirenas de los autos de policía volvía a colarse a través de las ventanas de las habitaciones del hotel Sheraton.

Capítulo II
Interrogatorio

El auto Skoda de la Guardia Civil bloqueaba el camino de acceso al Hostal Los Soles a unos dos metros de la verja de entrada. Comenzaba a amanecer y las primeras luces diurnas ya iluminaban el área. Tino, descalzo y aun vistiendo el pijama-short, estaba recostado contra la parte frontal del vehículo, desde donde observaba a un joven e inexperto guardia civil caminar en círculos, una y otra vez, alrededor del cadáver del intruso. La curiosidad y la náusea permeaban su análisis, por eso no se atrevía a acercarse mucho a este. Dentro del auto, otro guardia que parecía más curtido en el mundo delincuencial no prestaba atención alguna al occiso mientras hablaba por el celular, entreteniéndose a la espera de los peritos. Tino se movía lentamente de un lado a otro frente al auto e interrumpía por momentos la concentración del novato guardia civil.

—¿Crees que falte mucho más tiempo para que lleguen los peritos? —preguntó dirigiéndose al joven—. Quiero avisarle a mi esposa que estoy bien.

—Deben estar al llegar. No se preocupe, ya hemos contactado con ella y le hemos hecho saber que usted está bien, con nosotros —enfatizó el guardia civil—. Le hemos pedido que lo espere en el bungalow.

Tino aceptó la explicación con resignación. Se estaba acomodando contra el auto cuando distinguió, a pocos pasos del guardia, camuflado entre la tierra de su mismo color, el transmisor inalámbrico del intruso. Sin pensarlo mucho, caminó hacia él con decisión.

—¿Lo conoces, Menéndez? —le preguntó, leyendo la identificación que colgaba de su uniforme.

Tino se agachó junto a la cabeza del intruso. A Menéndez no le dio tiempo a reprocharle su atrevimiento y no pudo evitar sonreír ante la pregunta mientras imitaba su gesto.

—¡Qué va, tío! Este guiri puede ser de cualquier parte menos de aquí.

—¿Guiri?

—Sí, así le decimos en Andalucía a los extranjeros blancuzcos como este que vienen a achicharrarse con el sol. Por lo visto, a este no le dio tiempo a hacerlo.

Tino levantó la vista al escuchar el ruido del motor del minivan de los peritos, que recién había llegado hasta el borde de la carretera y avanzaba por el sendero en dirección a ellos. Se puso de pie y dio un paso hacia atrás, cubriendo con su pie izquierdo descalzo el transmisor inalámbrico. Agarró con los dedos del pie el transmisor y regresó hacia el auto de la policía al mismo tiempo que el guardia que estaba dentro interrumpía su conversación telefónica para recibir a los expertos. Menéndez, por su parte, se irguió y recompuso su uniforme al ver llegando a los peritos, listo para dar el reporte. Caminó hacia el auto y se detuvo próximo a Tino.

—¿Qué le dije? —preguntó orgulloso Menéndez—. Tan pronto ellos terminen de hacerle los exámenes, podrá regresar con su familia.

El agua caía con fuerza sobre el piso de la ducha, mezclándose con el vapor generado por la temperatura. La puerta de cristal transparente que la aislaba del resto del baño estaba abierta y permitía que el agua salpicara fuera y cayera sobre los pies de Tino, sucios, con arañazos y restos de sangre. Parado frente al amplio lavamanos blanco, limpió la humedad del espejo que tenía delante y fijó la vista en él, concentrado, tratando de organizar sus pensamientos y sin prestarle la menor atención a los cortes en su rostro. Activó el sensor de la llave del lavamanos que, inmediatamente, comenzó a funcionar. Repitió el gesto en el dispensador automático de jabón líquido que colgaba debajo del espejo y empezó a restregarse las yemas de los dedos con agua y jabón para quitarse la tinta que le había quedado cuando los peritos tomaron sus huellas dactilares. Mientras lo hacía, recorrió con la vista el ancho borde izquierdo del lavamanos donde descansaban el walkie-talkie y el transmisor inalámbrico del intruso.

Cerró el flujo del agua y se secó las manos rápidamente. Agarró el walkie-talkie y, con destreza, corrió la tapa de su compartimento trasero buscando alguna inscripción o letra que delatara su origen, pero sin suerte. Le quitó la batería y la tiró al inodoro a su izquierda. El transmisor corrió igual suerte. Ambos objetos cayeron hasta el fondo de la impoluta taza blanca. Abrió el espejo frente a él, que servía de puerta a un surtido e iluminado botiquín. En su interior había, además, un estuche mediano de gamuza carmelita con finas líneas oscuras. Lo sacó del estante y lo colocó en el lado derecho del lavamanos. Después de correr la cremallera para abrirlo, dispuso organizadamente, y en fila, una máquina de afeitar Gillette desechable, un pequeño contenedor de gel de afeitar de la misma marca y el portavaso que había recogidoen el Bar Pietro la noche del juego de los Canadiens. Lo volteó y desprendió de su parte trasera un iPhone 6 negro y una pequeña memoria USB color azul cielo que estaban incrustados contra el corcho para adicionarlos a los otros dos objetos. Levantó la vista buscando algo dentro del botiquín. Tomó una jeringuilla desechable envuelta aún en su nylon, rompió el sello y sujetó cuidadosamente la aguja.

Encendió el celular, comprobó que la bandeja de mensajes estaba vacía y lo apagó. Con la precisión de un cirujano, introdujo la punta de la aguja en el orificio de la tarjeta sim del celular provocando la expulsión de la bandeja que la sostenía. La tarjeta era de un color blanco mate, sin letras ni números. La despegó de un tirón de la bandeja y la alzó hasta la altura de sus ojos, escudriñándola contra la luz del botiquín. Regresó la tarjeta a la palma de su mano y la presionó contra el lavamanos, partiéndola en varios pedazos que se unieron a los otros dos objetos en el fondo del inodoro. Volvió a dirigir su atención a la fila de objetos a su derecha, esta vez, enfocado en la memoria USB.

Los niños corrían entre los pocos muebles que conformaban la sala del bungalow. Sus tenis blancos despedían rojas luces centellantes constantemente alrededor de toda la suela. El aparador que unas horas había servido de resguardo estaba de vuelta en su posición original y ambas hojas de la puerta estaban completamente abiertas. En el sofá, sentada, Claudia contaba mecánicamente las tres maletas ubicadas junto a la puerta, listas para ser embarcadas de nuevo, mientras esperaba ansiosamente por Tino. Intentaba no pensar mucho en su salida nocturna y en el porqué de la repentina partida. Tino salió del cuarto y se unió a ella ya vestido, afeitado, con algunas curas improvisadas en su cara y cargando en su hombro una mochila azul oscura. Chequeó los bolsillos de su pantalón, se aseguró de tener sus pertenencias personales inmediatas: llaves del auto, celular, billetera. Por último, se tocó la muñeca izquierda para confirmar que traía su reloj azul Casio Shock.

—¿Todo listo? —le preguntó a Claudia, seguro de que sí lo estaba. Sin esperar respuesta, se volvió hacia los niños—: ¡Lucas, Rafael, nos vamos!

Claudia lo miró ofreciéndole su respuesta sin mediar palabras mientras los niños continuaban con su juego. Tino se acomodó la mochila en la espalda y tomó una maleta en cada mano. Claudia se había puesto de pie para tomar la tercera cuando llegó el guardia civil Menéndez a la puerta. Su presencia la hizo sentir incómoda. Los niños, al verlo, detuvieron el juego y se aproximaron a ella, cesando finalmente las fastidiosas luces de sus tenis.

—¿Me ayuda con la maleta, por favor? —Tino interpeló inmediatamente a Menéndez para evitar que interactuara con el resto de su familia. Sabía que su inoportuna visita al apartamento no era casual.

A Menéndez no le quedó más remedio que acceder a la petición. Se acercó al sofá e hizo un gesto de saludo a Claudia, quien agarraba con fuerza a sus hijos apretándolos contra su cuerpo. Menéndez elevó el asa de la maleta y avanzó junto a Tino en dirección al auto.

El auto de la guardia civil estaba estacionado al costado de un Mercedes-Benz GLC 300. Tino presionó la llave del auto y el maletero del Mercedes se abrió automáticamente. Dispuso en su interior las primeras dos maletas. Esperó al guardia civil con una sonrisa que no obtuvo reciprocidad. Menéndez ignoró su gesto para tomar la maleta y la colocó él mismo junto a las otras dos.

—Alberto Urrutia, el jefe del Grupo Operativo, ya está en la comisaría. Tal y como me pidió, le espera allí.

—Gracias —respondió Tino.

Menéndez hizo por marcharse, pero Tino lo detuvo agarrándolo por un brazo que liberó enseguida para evitar cualquier malentendido.

—No quiero que mi familia tenga nada que ver con esto. Mi esposa es muy impresionable y los niños, ya sabes, son niños.

Sus palabras surtieron el efecto compasivo que deseaba. Menéndez se distendió y su lenguaje corporal se lo confirmaba.

—Claro, le comprendo. Nosotros no le comentamos nada sobre el occiso cuando la contactamos. ¿Qué edad tienen los chavales? —preguntó interesado.

—Lucas, el mayor, tiene seis y Rafa, cuatro.

Tino presionó el botón de cierre del maletero y este descendió lentamente hasta cerrarse por completo. De soslayo, vio a Claudia y a sus hijos caminando en dirección a ellos.

—Voy a dejar a los niños y a mi esposa en Ronda e inmediatamente después me voy hasta la comisaría — dijo.

Despidió a Menéndez con un efímero apretón de manos y este fue directamente hacia la patrulla. Tino avanzó hasta los niños para cargar a cada uno en sus brazos. Comenzó a dar vueltas como un trompo mientras Claudia se montaba en el auto. Las risas de los niños lograron distraerlo del mal momento. Los devolvió al suelo y al instante se volvieron a encender las luces de los zapatos, provocándole un gesto de desaprobación: «A quién carajo se le habrá ocurrido poner luces en los zapatos», pensó.

Tino permaneció quieto mientras seguía con la vista los constantes centelleos emitidos por los zapatos en camino a las respectivas puertas traseras del auto. Removió la mochila de su espalda, la tomó por el asa y caminó en dirección a la puerta del conductor.

La ligera pendiente del boulevard de Ronda que conducía a la comisaría estaba en pleno auge de turistas y su inseparable contraparte, los vendedores. Tino buscaba cada resquicio posible entre ellos para dar al menos dos pasos seguidos antes de volver a detenerse y reencontrar un espacio libre otra vez. De cualquier forma, siempre había un obstáculo humano o material; un poste de luz, una señal de tránsito o un recipiente de basura. Divisó el techo de la comisaría gracias a la bandera de la Guardia Civil que ondeaba sobre este. Ya estaba cerca.

Durante la accidentada caminata, intentaba identificar quién lo vigilaba entre la marea de personas que abarrotaba la calle. Estaba seguro de que alguien le seguía los pasos. Aprovechó la breve parada en un cruce de autos para extraer sutilmente el iPhone 6 negro del bolsillo de su pantalón. El paso peatonal se volvió a abrir y la avalancha humana lo impulsó en cuestión de segundos al otro lado de la calle, de vuelta al pleno boulevard. Se sumergió una vez más entre los visitantes, identificó un pequeño espacio próximo a un latón de basura, llegó hasta este y dejó caer en su interior el celular para unirse inmediatamente a un grupo de ingleses con visita guiada que, después de terminar su recorrido matinal, estaban en camino hacia el parqueo, estratégicamente situado al inicio del boulevard.

Tino esperaba tranquilamente en el interior de la pequeña oficina de Alberto Urrutia sentado en una incómoda silla de madera en cuyo respaldo descansaba su mochila. El aire acondicionado estaba bien frío y la luz solar que entraba por el balcón, con puertas de cristal y sin cortinas, no tenía ningún efecto sobre la temperatura del lugar. Tino exploraba al detalle cada rincón de la oficina. Frente a él, un usado buró de madera albergaba un teléfono y una computadora HP, acompañados solo por el control remoto del aire acondicionado, que había sido colocado de manera perfectamente perpendicular al monitor. Un ambiente completamente impersonal, sin papeles ni recuerdos familiares. Una silla negra, típica de oficina, con el respaldo más inclinado hacia atrás de lo normal, seguramente debido al peso de la persona que la usaba, se escondía bajo el escritorio. Tras esta, la omnipresente foto de su majestad el rey Felipe VI.

«Y después dicen que solo los cubanos somos esclavos del culto a la personalidad», pensó, al tiempo que agarraba el control remoto del aire acondicionado para subir la temperatura hasta los veinticinco grados Celsius, lo que provocó que se apagara. Devolvió el control remoto al costado del ordenador.

Cada pared de la oficina estaba revestida con viejos estantes abarrotados de archivos que a duras penas acumulaban cientos de papeles. La puerta de la oficina permanecía cerrada y aunque Tino escuchaba algunas voces aisladas, no le importaba saber qué decían. Miró la hora en su reloj, habían pasado veinticinco minutos desde su llegada a la comisaría. La puerta de la oficina se abrió de un golpe.

—Disculpe la demora.

Tino se puso de pie ante la impresionante figura de un hombre con vestimenta civil que era un pie más alto que él, y tenía el doble de su corpulencia y edad.

—No se preocupe —respondió y estrechó su mano.

—Alberto Urrutia, un placer. Siéntese, por favor.

Urrutia fue directamente a su buró, corrió la silla y dejó caer todo su cuerpo encima de esta. Colocó un sobre amarillo cerrado y de mediano tamaño al lado de la computadora mientras Tino regresaba a su asiento. Urrutia observó el control remoto del aire acondicionado fuera de su posición usual. Leyó algo en la pantalla de la computadora, tecleó brevemente y corrió el monitor de forma tal que ambos quedaron frente a frente, sin barreras. Sostuvo entre sus manos el sobre que había traído, pero lo mantuvo cerrado, listo para comenzar el informal interrogatorio.

—Subí un poco la temperatura de la habitación. Hacía mucho frío —dijo Tino, adelantándose al oficial.

—Llevo dos años aquí y todavía no me acostumbro a este maldito calor —respondió este un poco incómodo por el inesperado atrevimiento.

—¿De dónde es originalmente? Vasco, ¿cierto? —preguntó Tino, convencido de que estaba en lo correcto.

—San Sebastián —replicó el otro orgulloso y encendió de vuelta el equipo de aire acondicionado—. Siento mucho lo que ha pasado. Créame que es primera vez que sucede algo tan grave en alguno de nuestros hostales. Los Soles es uno de los más lujosos del área —enfatizó mientras corregía la temperatura en el control remoto.

—Esperemos que sea la primera y la última —le respondió Tino.

Urrutia sonrió en acuerdo y le señaló al rostro, a sus heridas.

—¿Todo bien?

Él no les dio importancia a sus lesiones y como tal lo entendió Urrutia, quien continuó inquiriendo:

—Su esposa y sus hijos se mantienen aún al margen de todo, ¿cierto?

—Así es y prefiero mantenerlo de esa manera si no le importa.

El oficial asintió sin dudar. Finalmente, abrió el sobre y extrajo un ligero bulto de papeles.

—Celestino Font Lavandero —leyó lentamente.

Tino se mantuvo en silencio esperando el siguiente comentario. Urrutia levantó la mirada buscando su vista y él no lo evitó.

—Ya casi no se escucha ese nombre en este país, Celestino...

—Mi abuelo —respondió con prontitud. Comenzaba a creer que la entrevista iba a durar más de lo que había previsto.

—Qué conveniente —comentó el oficial en tono irónico.

—En mi familia todos somos descendientes de españoles.

—No lo dudo, si me lo encuentro en cualquier otro lugar pienso que es español, no cubano.

A Tino no le agradaba el tono de la conversación y el otro se percató de ello.

—¡Qué falta de educación la mía! ¿Desea agua o algún tipo de bebida? Mire que este calor —levantó el auricular y marcó un número a la espera de la petición de Tino, quien giró medio cuerpo y extrajo de uno de los bolsillos laterales de la mochila su pomo de agua. Colgó el auricular y, en tono jocoso, afirmó—: Turistas, siempre listos.

Tino no le prestó atención al chiste con toda intención. Urrutia levantó la primera hoja de papel en el bulto que mostraba la foto de pasaporte de un Tino más joven y se la enseñó. Se convenció de que el oficial había hecho su tarea antes de la entrevista.

—Su primer viaje a España, ¿verdad? —le preguntó.

—Sí —respondió de manera escueta.

—¿Qué edad tenía en ese momento?

La pregunta era totalmente innecesaria, pero Tino accedió a seguir el juego como parte de su estrategia.

—Mejor le hago la historia completa y así ambos nos ahorramos los intervalos, ¿le parece? —dijo.

—Por favor.

El oficial soltó el sobre encima del escritorio y se acomodó contra el respaldo de su silla sin quitarle la vista a Tino.

—Tenía veinticinco años, recién había terminado la universidad y me ubicaron en la Embajada de Cuba en Madrid. Cuba necesitaba tener a mano traductores de inglés para moverlos entre Europa y África según fuera necesario. Me pareció una excelente idea para conocer el mundo. Estuve trabajando desde allá los siguientes cuatro años hasta que regresé a Cuba. Había tenido la oportunidad de aprender mucho y de todo, lo que me sirvió para conseguir una plaza en el Ministerio de Comercio Exterior, donde todavía trabajo felizmente.

Su tono de voz al hacer el resumen no podía haber sido más denso y des energizado. Se sintió hasta empalagado por su propio recuento. Urrutia inclinó su cuerpo contra el buró y agarró de vuelta el sobre.

—Muy buena su síntesis. No obstante, obvió algo importante. Al menos, eso creo yo —buscó un papel específico dentro del bulto—. En nuestros archivos de seis años atrás, su nombre aparece relacionado con un grave accidente de tráfico que ocurrió a plena luz del día en la Gran Vía de Madrid, del cual usted, milagrosamente, salió ileso, aunque la persona en el otro auto desafortunadamente falleció. Encontré mucha información sobre el accidente porque la persona que murió era un ciudadano búlgaro —Alberto interrumpió la conversación para leer el papel—: ViktorStoickov, enlace de la OTAN para Europa Oriental.

Volvió a fijar su mirada en Tino, quien no mostraba cambio alguno en su estado de ánimo calmado y aburrido.

—Este otro —Urrutia sacó otro papel del bulto con la foto del cadáver del intruso en Los Soles y se la enseñó a Tino, que no se inmutó—, tiene el mismo tipo de Viktor: europeo, en sus treinta... Yo creo que yo nunca pudiera olvidar algo así, las pesadillas me perseguirían. ¿No tiene usted pesadillas, Celestino? —lo cuestionó.

Tino se contuvo al escucharlo. Recordaba perfectamente el hecho.

—Son cosas que suceden en la vida y que uno prefiere olvidar. Ambos estábamos en el lugar equivocado en el momento equivocado —afirmó, con pleno control.

A Urrutia no le convenció la respuesta y se mantuvo en silencio, incitándolo a continuar con su explicación.

—Estoy seguro de que un hombre como usted, de su edad y con probada experiencia, no trabaja en esta comisaría por voluntad propia. Alguna olvidada razón debe existir para terminar su carrera profesional en el culo de Andalucía persiguiendo carteristas y ladrones de poca monta —le dijo Tino con sorna.

El oficial se sintió ofendido y no pudo ocultar su malestar.

—¿Cómo una persona cae de una verja de apenas quince metros y se rompe el cuello así de fácil? Un dato que quizá le ayude en su respuesta: en las únicas dos ocasiones que ha estado en España, separadas por un largo período de tiempo entre sí —insistió Urrutia—, se ha visto implicado en dos muertes "accidentales". Yo diría que las probabilidades de que esto le ocurra a una misma persona son mínimas. ¿Curioso, no cree? —le preguntó.

Estaba de acuerdo con él, pero ya no importaba. Había logrado llegar hasta donde quería en menos tiempo de lo que pensaba. La ligera risa de Urrutia, más que alegría, mostraba ansiedad: estaba deseoso de provocarlo.

—El hombre se asustó cuando me vio y perdió el equilibrio. Cayó mal —simplificó, sabiendo que no había rastro ni testigos de lo que realmente había sucedido, hurgando en la incomodidad del otro.

—¿Y no le parece muy irresponsable de su parte perseguir a un ladrón en el medio de la noche en un lugar desconocido? —respondió el oficial confiado en su juicio.

Tino sonrió interiormente. Había imaginado, casi palabra por palabra, la pregunta de Urrutia. Se acomodó en la silla para disimular su reacción.

—Cuando los hijos están en peligro, un padre es capaz de cualquier cosa. ¿No haría usted lo mismo por los suyos? —le preguntó.

Sintió que su afirmación había sido quizá demasiado explícita, aunque confiaba que su pregunta no le permitiría a Urrutia interpretar sus palabras más allá de lo que realmente sucedía. Intentaba confirmar su teoría sobre la soledad del viejo oficial.

—Yo no tengo hijos, pero casi seguro que sí, que haría lo mismo —le comentó con resignación.

Tino se quedó en silencio. Su suposición era correcta. Urrutia empezó a revisar los papeles, se detuvo en uno y lo miró directamente a los ojos.

—Según su declaración, el ladrón no pasó de la puerta del apartamento prácticamente. Usted dormía en el sofá y lo sorprendió antes de que entrara. ¿Por qué arriesgar a su familia y dejarla sola entonces?

Entendió que había cometido un error al subestimarlo.

—Instinto. Como le dije, si fuera padre, lo entendería —dijo, insistiendo en el tema de la soledad familiar de Urrutia, quien disimulaba bien y no se daba por aludido.

Tino miró el reloj para mostrar inquietud solo con el objetivo de despistar al oficial. No podía darse el lujo de volver a equivocarse. El robusto militar comenzó a ojear los papeles una vez más, sin apuro.

—Aunque vino como turista, usted viaja actualmente con pasaporte diplomático —le dijo, señalando con la mirada la botella de agua que aún sostenía entre sus manos.

—Sí, como ya le comenté, la institución donde trabajo me obliga a viajar con ese pasaporte.

Urrutia sonrió ligeramente, preparándose para la siguiente interrogante mientras volvía a poner la vista en los papeles. Los juntó y colocó de vuelta en el sobre, que cerró con mucho cuidado antes de ponerlo a un costado. Cruzó los gruesos dedos de sus manos, listo para todo.

—Disculpe mi ignorancia, pero hasta donde sé, el gobierno comunista cubano paga muy mal a sus empleados públicos. Sin embargo, Celestino, usted conduce un Mercedes-Benz del año, se hospeda en el hostal más pijo de Ronda y lleva una semana recorriendo Andalucía y quién sabe dónde más irá. ¿Barcelona, tal vez? —dijo con sarcasmo.

Le pareció demasiado fácil lo que para él sería la finalización de la entrevista. No iba a caer en la trampa de un debate político sobre Cuba y su sistema o cuestionar su integridad. No valía la pena seguir consumiendo más tiempo del necesario. Claudia debía estar intranquila a la espera de su regreso. Había llegado el momento de presionar y confiaba en salir airoso. Se puso de pie, recogió su mochila del respaldo de la silla y dejó, intencionalmente, sobre el escritorio de Urrutia la botella de agua vacía. Se acomodó la mochila en la espalda mientras este permanecía sentado, desafiante.

—Es cierto, los funcionarios públicos no tenemos buenos salarios. Mi esposa se llama Claudia Sureda, pariente de los mismos Sureda de Barcelona que todo el mundo conoce. Pero seguro eso ya lo sabía.

Se dirigió hacia la salida. Urrutia se puso de pie y ambos llegaron juntos al umbral. El oficial le abrió la puerta, pero mantuvo el brazo obstaculizándole el paso.

—Es usted muy afortunado. Aunque su estatus es de diplomático, le pido, por favor, que se mantenga en contacto con nosotros. He ordenado la autopsia del fallecido y quisiera compartir los resultados con usted antes de que se marche de España. ¿De acuerdo? —preguntó amenazante.

Tino sonrió.

—Usted domina muy bien los procedimientos en estos casos. Si quiere hablar conmigo, comuníquese con mi embajada —replicó en el mismo tono.

Miró el brazo que le impedía el paso. Urrutia no tenía otra opción que dejarle ir y así lo hizo. Extendió su mano para despedirse y el otro imitó el gesto a regañadientes, consciente de que era muy probable que no lo volviera a ver.

Tino cambió su ruta de retorno para encontrarse con Claudia y los niños en el centro de Ronda. Las calles aledañas al boulevard estaban casi desiertas, con muy pocos turistas, aquellos menos viciados por los recorridos clásicos y más en busca de la autenticidad local. También había escogido ese camino para obligar a exponerse a quien le perseguía. Aprovechaba la sombra de los toldos que cubrían las entradas de los bares y restaurantes, frecuentados casi exclusivamente por los vecinos naturales de Ronda. El sol del mediodía era impertinente, igual que el de Cuba. Interrumpió su recorrido para detenerse brevemente en un bar. Abrió la pequeña nevera que descansaba junto a la puerta de entrada y agarró un pomo de agua, el más frío de todos.

Los clientes habituales del bar a esa hora conversaban como si estuvieran en la sala de sus casas, a plena voz. Buscó al dependiente con la mirada; cuando lo encontró, levantó la moneda de dos euros que sostenía en su mano izquierda y la depositó sobre la barra. Regresó a la acera, se ubicó bajo el toldo e inmediatamente destapó la botella de agua. Bebió un largo sorbo para mitigar la sed y, cuando terminó, dio un par de pasos hacia el medio de la calle mirando hacia ambas esquinas, dejó caer ágilmente de su espalda la mochila para agarrarla por el asa con la mano izquierda; se estaba exhibiendo ante su perseguidor.

Claudia estaba sentada a la mesa en el exterior de un restaurante mientras Lucas y Rafael jugaban frente a ella, corriendo de un lado a otro de la fuente de agua que marcaba el centro de la plaza. Sobre la mesa, un jarrón de sangría sudaba por el calor, aunque las dos copas junto a este permanecían sin utilizarse. En una esquina de la mesa, había dos platos, uno cubriendo al otro, protegiendo la comida que había en su interior. La mayoría de los visitantes huían del sol, escondidos dentro de los locales que bordeaban la explanada. Claudia prefería estar afuera del restaurante porque desde allí podía seguir de cerca a sus hijos mientras estos se divertían.

La plaza estaba tan iluminada por los rayos solares que las luces de los zapatos de sus hijos no se distinguían, aunque, tampoco las extrañaba. Había muy pocas personas a esa hora y pudo distinguir fácilmente a Tino cuando asomó por el otro extremo de la plaza y caminó directamente hacia sus hijos. Los saludó brevemente y se unió a ella en la mesa. Con un gesto cansado, tiró la mochila sobre una de las sillas. Se sentó al lado de la Claudia de forma tal que también pudiera mantener una visión directa hacia sus hijos. Sirvió sangría en ambas copas. Tomó la suya y la bebió sin detenerse.

—Disculpa, todo demoró más de lo yo pensaba en la comisaría.

Claudia no le dio mucha importancia a la justificación, pero tampoco le interesaban los detalles.

—¿Al ladrón lo arrestaron? —preguntó.

—Todavía nada, pero ya firmé el acta de denuncia, así que podemos continuar viaje.

Tino no les quitaba la vista a sus hijos. Su mujer, libre de la tensión de estar pendiente de ellos, relajó su cuerpo mientras comenzaba a beber sangría también.

—¿Y la silla?

—¿Cuál silla? —respondió Tino con otra pregunta, pero convencido del verdadero significado de la interrogante hecha por Claudia.

—La silla que pones siempre detrás de la puerta de entrada en todos los lugares donde dormimos que no son nuestra casa. ¿No escuchaste el ruido cuando el ladrón abrió la puerta?

—La olvidé —afirmó Tino provocando el asombro de Claudia quien no daba crédito a la confesión de Tino.

—¿Comiste? —preguntó Tino volteando levemente la cabeza para mirarla y desviando el tema de la conversación.

Ella asintió y él regresó su mirada hacia los niños.

—Tu comida ya debe estar tiesa —le aclaró Claudia.

Tino se estiró para acercar los dos platos. Quitó el que servía de cubierta, observó las tapas sobre el plato y se decidió por los pimientos rellenos con atún. Se comió de un bocado los dos pimientos.

—¿A qué hora piensas que llegaremos a Barcelona? Quiero avisarle a mi madre para que nos espere en el hotel —le preguntó su mujer.

Tino seguía comiendo del plato, tenía hambre.

—La reserva del hotel en Barcelona es para entrar hoy, ¿cierto?

La pregunta la hizo dudar.

—Sí, cuando la hice me habías asegurado que llegaríamos en esta fecha. ¿Por qué?

—Vamos a llegar mañana —le respondió.

Claudia tomó su cartera, buscando el celular.

—No te preocupes, yo llamo al hotel y les aviso del cambio —la detuvo, poniéndole una mano en el brazo.

—De acuerdo, y ¿dónde pasaremos la noche hoy? —lo cuestionó ella mientras cesaba su búsqueda del celular.

—En Córdoba. Quiero que visitemos el Triunfo de San Rafael. Te va a gustar, ya verás.

—¿A qué se debe el cambio? —Claudia no estaba muy segura de querer conocer la respuesta.

—Para despistar al enemigo —le dijo él a modo de chiste con una sonrisa pícara.

—No estoy para bromas. ¿Ya habías estado en Córdoba antes? —preguntó Claudia, aunque sin mostrar ningún tipo de enfado por el súbito cambio de planes porque en realidad no le molestaba; al contrario, le parecía buena idea.

—Sí, una vez, cuando vivía acá.

Ambos bebieron de sus copas. Tino parecía más tranquilo y relajado, disfrutando mientras sus hijos se divertían bajo el inclemente sol andaluz.

—¿Por qué no nos quedamos a vivir en España de una vez?

La pregunta lo sorprendió, no la esperaba. El momento apacible que ambos disfrutaban se rompió.

—Ya hemos hablado de eso. Yo no puedo ni quiero vivir en España —le respondió tajante.

—Tú y tu maldito trabajo y tu maldita responsabilidad con Cuba. Eso es lo que más me jode, que los niños y yo siempre somos los últimos en tu vida.

No le respondió. No le gustaba discutir con ella, especialmente, cuando tenía la razón.

—Mi trabajo no es el problema. Además, siempre has estado de acuerdo con lo que hago.

—A veces preferiría no haberlo hecho —respondió Claudia con rabia.

El silencio entre ambos se hizo eterno. Ninguno de los dos quería ceder en sus miradas fijas sobre los niños. Tino contempló el fondo de su copa por algunos minutos, rumiando sus pensamientos.

—Claudia, cuando regresemos a Cuba haré lo que me pediste y firmaré los papeles del divorcio —confesó Tino.

—Yo no quiero... —Claudia hace un esfuerzo para controlarse—. Hasta en eso vas a imitar a tu maestro — le respondió ella como si fuera la sentencia de un juez—. Vas a terminar como un viejo borracho y solitario igual que él.

LA ENTREGA

La frase de Claudia tuvo un efecto inesperado. Se sintió tristemente identificado con lo que le acababa de decir. Corrió la silla para ponerse justo frente a ella, que se mantenía ecuánime y hacía lo imposible por aguantar las lágrimas.

—Después de tantos años juntos, ¿es justo lo que nos está pasando? —le preguntó su esposa.

—Es la mejor decisión para ti y los niños —admitió.

Ambos sostuvieron las miradas sin decir otra palabra. Claudia, resignada, cedió primero y cambió la vista de vuelta a los niños. Recuperó su vaso de sangría y bebió un corto trago. Tino se puso de pie y buscó inmediatamente a sus hijos con la mirada. Rafael y Lucas conversaban con un matrimonio de mediana edad. Se lanzó corriendo hacia ellos, asustado, como un animal salvaje. Claudia se reincorporó en su silla al verlo salir disparado en dirección a los niños. Se puso de pie para hacer lo mismo, pero ya él los tenía a cada uno bajo un brazo, despidiéndose del matrimonio.

Capítulo III
Despistando al enemigo

El tráfico en la autovía A–4 estaba movidito, aunque sin mayores contratiempos. Tino conducía sin prisa, apenas eran las cuatro de la tarde y el cartel le indicaba que la próxima salida para entrar a Córdoba estaba a solo un kilómetro de distancia. El resto de la familia dormía placenteramente dentro del auto, especialmente los niños, a quienes el cansancio finalmente había vencido. La vista era preciosa desde la autovía, montañas y planicies compartían el verde paisaje del inicio de la primavera. Después de cruzar los mil metros del túnel a través de una montaña, aprovechó una cuneta libre para hacer una breve parada, quería estirar las piernas antes de conducir por las estrechas e irregulares calles de Córdoba. Parqueó sin hacer giros bruscos, descendió del auto, pero solo entornó la puerta para no despertar a Claudia y los niños. Caminó hasta la parte trasera del auto, siempre con la vista puesta en los carros que avanzaban por la misma ruta que él, e iba memorizando marca, modelo, color y pasajeros a medida que lo sobrepasaban.

Córdoba no era muy diferente a Ronda, aunque sí más grande. Los turistas abarrotaban cada resquicio y el tráfico era insoportable. No valía la pena conducir hasta el centro de la ciudad, era suficiente con encontrar algún espacio de parqueo lo más cercano posible al Triunfo de San Rafael. El puente de Andalucía era el menos transitado por estar un poco más alejado del área turística. Iba recordando poco a poco la ciudad y sus calles con el lento movimiento del tráfico. Tino avanzaba sin prisa, buscando a lo lejos algún espacio libre donde parquear. Giró a la izquierda en la calle Isasa y descubrió, una cuadra más adelante, un sitio donde dejar el auto frente a un restaurante llamado Regadera. El espacio no era muy amplio, pero tampoco necesitaba mucho para parquear el moderno Mercedes. Claudia despertó justo cuando realizaba la última maniobra, se acomodó en el asiento y miró a su alrededor aun soñolienta.

—Voy a reservar para cenar esta noche. Toma un par de suéteres de la maleta porque nos va a agarrar la noche en la calle —le sugirió Tino en voz baja.

Claudia buscó con la vista el lugar que le estaba señalando. Le pareció bien, al menos desde afuera. Él descendió y ella bajó el tapasol frente a ella. Las luces del espejo se encendieron automáticamente. Se arregló un poco su largo y fino cabello rubio mientras observaba a los niños que aún dormían.

La puerta del restaurante estaba abierta a pesar de que el lugar no estaba funcionando. Tino llegó hasta un pequeño mostrador en su entrada donde descansaban un bolígrafo y una hoja llena de nombres, además de las horas de las reservaciones. La cocina, cubierta por cristales transparentes, estaba apagada y las sillas yacían patas arriba sobre sus respectivas mesas. El lugar era más bien pequeño. Una joven se asomó desde el pasillo al fondo del restaurante, sacando la cabeza junto al cartel que indicaba la presencia de los baños en esa dirección.

—¿Le ayudo en algo? —le preguntó.

—Por favor —respondió él.

La joven no lo hizo esperar y se acercó al mostrador. Tino no pudo evitar fijarse en sus llamativos ojos color miel que hacían gran contraste con su extensa cabellera negra recogida en una improvisada cola.

—Quiero reservar una mesa para cuatro esta noche, me han hablado muy bien de este sitio.

La cara de la muchacha lo decía todo, parecía una misión imposible conseguir una reservación un sábado a esa hora.

—Ojalá y pudiera, pero ya no tengo nada. Lo siento.

No se desanimó con la mala noticia.

—¿Nada de nada? Mira que no soy muy exigente, solo quiero cenar...

Flirteaba con ella de manera evidente y ella le correspondía. Se arreglaba la cola mientras leía el listado de reservas una y otra vez tratando de encontrar una solución.

—Lo que puedo hacer es reservarle bien temprano, a las ocho, y en la peor mesa del restaurante.

La joven señaló en dirección al pasillo por donde había aparecido minutos antes. Una mesa solitaria, en la esquina opuesta al pasillo y medio cubierta por una columna, se antojaba como la única alternativa.

—Perfecto. Yo soy cubano, nosotros cenamos temprano en comparación con ustedes.

Su reacción era auténtica, para sorpresa de ella, acostumbrada a lidiar con clientes insatisfechos por la ubicación de tal mesa.

—Muy bien, ¿a nombre de...?

—Tino, cuatro personas, a las ocho de la noche.

La joven escribió la reserva en una esquina del papel y anotó el nombre y a continuación el número trece.

—Muchas gracias.

—Un placer —le contestó la muchacha y se quedó a la espera de una frase por parte de Tino, quien ya caminaba de vuelta hacia la puerta de entrada. Cuando la abrió, se volteó para mirarla.

—El pelo recogido te hace lucir menos joven de lo que creo que realmente eres —le dijo y se despidió con un gesto, dejándola con una sonrisa pícara.

De un solo tirón, ella se soltó el pelo y acotejó sobre el mostrador la lista y el bolígrafo para retornar a sus quehaceres del restaurante.

LA ENTREGA   35

Sus hijos y Claudia estaban en la acera, curioseando en los alrededores del restaurante. Las luces de los zapatos de ambos niños volvían a centellar con cada paso que daban, aunque el tenis izquierdo de Lucas lo hacía intermitentemente. Se unió a ellos y Claudia extendió la mano acercándole a Tino su mochila inseparable. La colocó directamente sobre su espalda.

—Bueno, tú eres el único de nosotros que ha visitado Córdoba, ¿hacia dónde vamos?

Le gustaba ser la cabeza de familia, lo disfrutaba y la pregunta no pudo ser mejor recibida por él.

—Hacia allá.

Su mano derecha señalaba hacia el este, hacia donde la mayor parte del flujo de turistas se dirigían. Esperó a que Claudia y los niños se posicionaran frente a él, de forma tal que siempre caminaran por delante.

El Triunfo de San Rafael no era tan codiciado por los turistas como la Mezquita o el Alcázar de los Reyes Cristianos, así que no les fue difícil llegar al pie del monumento. Claudia y Tino sentían una conexión con el lugar gracias a su hijo Rafael, el Triunfo los protegía. Los niños se sentaron en uno de sus escalones mientras él localizaba a algún fotógrafo aficionado entre los visitantes. Distinguió a un matrimonio local que pasaba muy cerca de la entrada al Triunfo.

—Rápido, dame tu celular —le pidió a su mujer.

Ella buscó en su pantalón, le entregó el teléfono e inmediatamente se dirigió hacia la pareja y se acercó al hombre.

—Perdone, ¿le importa hacernos una foto? —le preguntó.

El hombre sonrió y tomó el celular con particular destreza.

—Si cobrara una peseta por cada foto que he hecho en este lugar, sería millonario —murmuró, provocando una risa en su esposa.

Tino regresó junto a los niños y Claudia. Ella aprovechó la ocasión para inclinar su cuerpo contra el torso de su marido, quien, desde su posición, podía observar claramente la esquina contraria, donde estaba la parte trasera de la Mezquita y había mucho movimiento de turistas, locales y gitanas lectoras del futuro.

—Háganos varias fotos si no le importa —le pidió para ganar tiempo y explorar un poco más los rostros que se le cruzaban.

Cuando el hombre se sintió satisfecho con su trabajo, cesó de hacer fotos. Tino regresó junto a él y recogió el celular.

—Hombre, creo que no has quedado bien en ninguna foto, te la has pasado todo el tiempo inquieto detrás de tu mujer.

—Ah, no se preocupe, estoy seguro de que alguna servirá. Muchas gracias. ¿Lo invito a una cañita? —le preguntó.

—No hace falta, disfrute del paseo con su familia.

El hombre se despidió de ellos y siguió su rumbo con su esposa. Claudia se unió a Tino y comenzó a revisar las fotos en el celular.

—RL, nos vamos.

Los niños entendían perfectamente el significado de las dos consonantes dichas en alta voz. No había dudas, reiniciaban el tour. Esta vez, Tino llevaba a los niños tomados de las manos, uno a cada lado, mientras Claudia iba un paso más adelante en dirección a la entrada principal de la Mezquita. Las gitanas se le abalanzaron, pero rápidamente se deshizo de ellas. Tino no se inmutó por el enjambre de mujeres porque Claudia se sabía defender sola. Una gitana de mediana edad fue directo hacia Lucas y le agarró la mano ante su molesta sorpresa.

—O le sueltas la mano o te rompo la muñeca en dos —le dijo enfáticamente.

La gitana blasfemó y gritó, pero soltó la mano de Lucas sin pensarlo dos veces. El resto de ellas ignoraron a Tino y sus hijos e inmediatamente se lanzaron a por su próxima víctima.

La Mezquita era un manto de paz y tranquilidad con una agradable temperatura a pesar del calor exterior. La mayoría de los turistas respetaban el lugar como el sitio sagrado que es. No se escuchaban gritos ni celulares sonando constantemente ni flashes de cámaras fotográficas violentando la intimidad del lugar. Tan pronto se traspasaba el amplio umbral de entrada al recinto, el espacio se abría considerablemente y la vista se cruzaba con cientos de elevadas y finas columnas dispersas a lo largo y ancho de la Mezquita soportando arcos arabescos. En el centro, se repartían el lujo, espectaculares altares católicos bañados en oro y maderas preciosas seguramente sustraídos a la fuerza de tierras lejanas. Muy pocos lugares en el mundo podían unir en paz, y bajo un mismo techo, a católicos y musulmanes a la vez, venerando sus respectivos dioses mientras compartían espacio. A Tino le parecía que estaba volviendo a descubrir el lugar y Claudia absorbía cada detalle con interés y admiración por lo cuidadoso de los miles de ornamentos que revestían cada rincón.

Los niños y Tino caminaban sin rumbo fijo mientras su madre se alejaba de ellos concentrada en los diferentes altares que eran protegidos por una infranqueable verja. Lucas y Rafael se escondían tras las columnas, jugando con las sombras y los claros de luz que cubrían el piso. Aunque dedicaba toda su atención a los niños, Tino podía sentir la intensidad de la mirada de su perseguidor. Tenía que descubrir quién era. Miró hacia el centro del templo y fingió buscar a Claudia cuando, en realidad, intentaba identificar algún rostro repetido a lo largo del día. Regresó su mirada al frente y dejó de respirar. Lucas y Rafael ya no estaban en su camino. Escuchaba sus voces dentro del murmullo generalizado, pero no conseguía localizar el lugar exacto de donde provenían.

Aceleró el paso, chocando, empujando a otros visitantes. No le importaba. El desespero le ganó. Se detuvo en el amplio pasillo y se agachó para casi pegar su rostro contra el piso y localizar las luces de los zapatos de sus hijos. A su alrededor, el movimiento de personas hacia ambos lados del pasillo se frenó producto del atasco. A unos veinte metros frente a él, divisó los destellos rojos que cruzaban de un lado a otro y se movían alrededor de las columnas. Se puso de pie, se abrió paso entre los ofendidos turistas y corrió tan rápido como pudo.

—¡Cojones! —gritó cuando estaba a punto de alcanzarlos. La exclamación frenó a los niños en seco. Cuando llegó junto a ellos, ya más aliviado, les dijo en un tono menos molesto—: Ustedes saben bien que no pueden alejarse así de nosotros.

Los niños se habían quedado quietos al ver al padre. Ninguno de los dos se atrevía a moverse.

—Seguro que ahora no te parece tan mal que les haya comprado los tenis con luces —le dijo Claudia, que llegaba en ese momento, aun jadeando después de correr tras él.

Tino no podía estar más de acuerdo con ella. Los cuatro siguieron caminando, pero ahora todos juntos. El zapato izquierdo de Lucas se mantenía con su encendido irregular.

—¿Qué le pasa al tenis de Lucas? —preguntó Claudia.

El niño se detuvo al escuchar su nombre. Tino se agachó junto a él, ajustó sus cordones y le dio un toque con el nudillo a la suela en el talón, donde estaban las dichosas luces.

—Debe ser la batería. Cuando lleguemos a Barcelona, lo reviso —dijo.

Todos caminaban en dirección a la puerta de salida. Tino no estaba dispuesto a vivir otro susto. Miró su reloj, que mostraba las siete y media de la tarde.

—Vamos directo hacia el restaurante —dijo y se adelantó unos pasos para llegar primero a la puerta de la Mezquita, se volteó y esperó a sus hijos y a Claudia parado en el umbral, observando detenidamente a cada persona detrás de ellos.

Lucas abrió la puerta del restaurante Regadera para sus padres y hermano. El lugar todavía no estaba completamente lleno, aunque la noche había comenzado. Las mesas las ocupaban turistas como ellos que preferían cenar temprano. Los locales empezarían a llegar a partir de las diez, cuando despegaba la vida social nocturna del sábado que se extendía hasta bien entrada la madrugada del día siguiente. La joven que había hecho la reservación los recibió en el mismo mostrador donde antes se habían visto ella y Tino. Ahora lucía toda su cabellera suelta y se sentía a gusto con ella. Al reencontrarse, hubo algunas sonrisas cómplices, de las cuales su mujer se percató. La joven los condujo hasta su mesa y acomodó la silla para Claudia, que aceptó respetuosamente la cortesía. Tino colgó la mochila del respaldo de su silla, situada justo detrás de la columna, la cual interrumpía su visión hacia la puerta de entrada al restaurante.

El mesero no tardó en llegar y ofrecerles el menú. Sirvió agua y dejó en el centro de la mesa una cesta con pan horneado en casa junto a una botella de aceite de oliva extra virgen. Los niños fueron los primeros en comer pan, Claudia resistió la tentación y no lo probó. El menú era delicioso, al menos en apariencia. Tino podía ver perfectamente desde su silla cómo se preparaban los platos en la cocina. Le encantó la idea de las paredes de cristal transparentes. Ambos se decidieron por los platos más originales en contenido y fusión. El ruido de las conversaciones de los clientes aumentaba a medida que se iba llenando el lugar. El mesero regresó hasta su mesa y se paró junto a Claudia, quien comenzó a dictarle el pedido de los niños primero y luego el de ellos dos. Tino se puso de pie junto a su silla, se inclinó para mirar hacia la puerta.

—Voy al baño, el almuerzo no me cayó bien —dijo, poniéndose la mano en el estómago, aunque Claudia no le prestó atención alguna.

Un cliente del restaurante se dirigía hacia los baños. Tino se apuró para interceptarlo, este le cedió el paso y ambos continuaron en la misma dirección.

En el estrecho pasillo, las dos puertas de cada baño estaban una después de la otra y visiblemente identificadas por sus figuras correspondientes. El espacio no estaba muy bien iluminado. Al fondo, unas cajas de cartón casi bloqueaban el acceso a la puerta trasera destinada para los otros servicios paralelos al funcionamiento de cualquier restaurante. Tino le devolvió el favor al cliente y le permitió pasar primero al baño de los caballeros. Esperó a que este entrara y, cuando estuvo solo, se acercó a la entrada de servicio. Quitó ambos seguros en los extremos, la abrió lentamente y asomó la cabeza. El resorte que la sujetaba desde el borde superior para mantenerla cerrada le hizo presión sobre la nuca. La empujó un poco y acomodó su cuerpo para observar el exterior más detalladamente.

La noche estaba oscura, y el callejón trasero del restaurante permanecía tranquilo. Apenas un par de camionetas estaban parqueadas frente a otros establecimientos similares. Reingresó al pasillo del restaurante, cerró la puerta, arrancó un pedazo de cartón del tamaño de la palma de su mano que sobresalía de la tapa de una caja abierta y respiró profundo. Volvió a abrir la puerta de servicio; esta vez, dio un par de pasos hacia afuera y se colocó pegado a la pared exterior. Empujó la puerta con cuidado y fijó el cartón a la altura del llavín para evitar que los seguros automáticos se activaran al cerrarla. Se cercioró de que el cartón quedara bien apretado y que sobresaliera lo justo para poder extraerlo a su regreso.

Se acercaban las nueve de la noche y la calle San Fernando era un ejemplo de lo que serían en muy poco tiempo la avenida Isasa y sus alrededores. Todo el mundo caminaba en esa dirección, donde estaban los mejores restaurantes y bares de la ciudad. La pendiente de la calle no era cómoda y eran más las personas que descendían que aquellas ascendiendo como Tino. Corría tan rápido como podía y revisaba la hora constantemente. Dobló en la esquina de Maese Luis y avanzó rápidamente hacia el otro lado deteniéndose en la calle Colón. El contraste entre Colón y San Fernando era notable porque no había nadie en esa angosta cuadra. Pocas luces en los interiores de los apartamentos estaban encendidas y algunos televisores resonaban. Tino revisaba las continuas fachadas a cada lado, intentaba recordar cuál era la que buscaba. Chequeó la hora una vez más, solo siete minutos habían pasado desde que se había marchado del restaurante.

LA ENTREGA 41

Caminó aprisa hacia el otro lado de la cuadra que terminaba haciendo un angular giro hacia la derecha.

Cuando llegó hasta la esquina, se situó justo en el medio de la calle y se volteó completamente para regresar por donde vino. Dio el primer paso, el segundo y comenzó a silbar la canción "Guantanamera". Se mantenía alerta con cada paso e incrementaba el volumen del silbido a medida que caminaba muy lentamente. A su izquierda, la ancha puerta con el número diez se abrió de un portazo cuando pasaba frente a ella y apareció una joven pareja. El sobresalto detuvo a Tino por un par de segundos. Los jóvenes comenzaron a reírse del solitario "músico", mientras se alejaban. Volvió a tomar un aire, reinició el silbido y continuó con su exploración. No había terminado de dar un paso cuando la siguiente puerta, con el número doce, se abrió. Un brazo extendido agarró a Tino por el cuello y lo arrastró hacia el interior.

El cerrado y oscuro portal del apartamento servía también de garaje para un viejo Seat blanco de cuatro puertas. Tino cayó de bruces sobre el maletero y sintió en su espalda lo que sin duda era el cañón de un arma. Escuchó como se cerraba la puerta del portal.

—¿Qué cojones tú haces aquí?

—Te me estás poniendo viejo, Decano —le dijo Tino con una sonrisa burlona.

Giró su cuerpo con las manos en alto sin despegarse del maletero. Se acomodó lentamente y detalló el arma que lo había encañonado, una pistola Star española de 9mm. Ambos hombres mantenían las miradas cruzadas, examinándose. Tino quitó la vista solo para revisar la hora en su reloj de pulsera, sin apenas moverse, mientras que el Decano bajó el brazo derecho, con el cual sostenía el arma, pero sin dejar de apuntarle. Entreabrió la puerta y miró hacia el exterior, esperando, buscando. Volvió a cerrarla.

—Vine solo.

—¿Qué pasa, Tino? No peino canas por gusto, no tienes que disimular, aunque debo admitir que el hecho de que te hayan enviado a ti para lavar sus trapos sucios es muy cruel. No me lo esperaba, pero imagino que este gobierno no quiere cabos sueltos. ¿Cuál es la orden, accidente o suicidio?

A pesar de la tensión, el Decano lucía calmado, convencido de lo que estaba por suceder. Tino echó un vistazo a su alrededor, reconociendo el lugar.

—¿Cómo se te ocurre? Yo nunca me prestaría para tal cosa —le contestó molesto.

—Claro, ahora entiendo por qué me dejaron irme de Cuba —exclamó el Decano con sorpresa, como hablando para sí mismo—. No es lo mismo matarme en Cuba que en España, tiene sentido —afirmó con admiración—: Yo sabía que mi turno llegaría, pero no tan pronto. Que te sirva de experiencia, Tino, para cuando llegue tu momento.

La frase final sonó como una sentencia, a la cual Tino no le dio importancia alguna, aunque reconocía su lógica.

—Decano, yo no vine a cobrar cuentas pendientes de nadie. Ellos no saben que vine a verte. Y nunca le he contado a un alma sobre este lugar —le dijo.

—Pero supiste donde encontrarme.

El Decano apretaba la pistola, quería asegurarse de estar listo si fuera necesario usarla. Tino lo sabía y trataba de evitar cualquier gesto o palabra que desencadenara un malentendido.

—Es imposible olvidarme de Córdoba. ¿No recuerdas que me trajiste aquí después de lo que pasó en la Gran Vía de Madrid? Si no hubiera sido por ti, me hubiera pegado un tiro.

La referencia no le era ajena al Decano.

—Cierto —dijo e ignorando la gravedad de la última frase habló para sí mismo—: Ese búlgaro por poco nos jode toda la operación de la OTAN.

Tino volvió a mirar la hora, pero en esta oportunidad su movimiento brusco puso al otro en alerta.

LA ENTREGA

—Estoy aquí porque necesito tu ayuda —le dijo casi susurrando.

La seria expresión de su rostro inquietó al Decano, que pareció creerle. Tino bajó su mirada a la pistola.

—No jodas, Tino, ¿ayudarte? Si casi estuve a punto de meterte un tiro. Tú mejor que nadie sabes desde cuando no escucho ese silbido. Los malos hábitos no mueren, coño —contestó molesto—. No sé en qué te puedo ayudar. Estoy retirado, ¿recuerdas? —dijo con ironía.

—No tengo mucho tiempo, ¿podemos hablar aquí?

El Decano colocó el arma en su cintura y redujo la tirantez del momento. Las dos tapas de nácar que cubrían el mango de la pistola sobresalían y brillaban en la oscuridad. Le señaló a Tino hacia la parte trasera del portal, detrás del auto, donde había una amplia escalera de mármol blanco con baranda de hierro, iluminada por una sencilla lámpara que colgaba desde el techo.

—Claudia y los niños, ¿bien?

A Tino le era imposible disimular su ansiedad, especialmente al escuchar nombrar a su familia. El Decano entendió perfectamente que la intempestiva visita no era por casualidad.

—Estoy aquí con ellos, los dejé en un restaurante entre los puentes de Miraflores y Córdoba —chequeó la hora otra vez—. Decano, me quedan diez minutos, necesito que te lleves a Claudia y los niños a Ourense y que me esperen allá.

—¿Ourense? —la incredulidad del Decano era evidente—. Tino, te apareces en mi casa en el medio de la noche después de casi tres años sin vernos y me pides...

—¿Tú crees realmente que te pediría algo como eso si no fuera absolutamente imprescindible? Nadie puede cuidar a mi familia mejor que yo y eso me lo enseñaste tú mismo.

—No conozco a nadie en ese pueblo, ¿cómo se te ocurre darme tal responsabilidad?

—En Ourense vive mi amigo de toda la vida, Sergio Hidalgo. Tienes que acordarte de él porque su padre fue quien te ayudó a agilizar los papeles de la ciudadanía española cuando te permitieron marcharte de Cuba.

—Sí, sí, ya sé a quién te refieres. ¿Sergio sabe que vamos a Ourense? —El Decano no esperó una respuesta, la mirada del otro le dijo todo lo que necesitaba—. Claro que no sabe nada —dijo, respondiéndose lo obvio—. Y de ti, ¿qué sabe? ¿Todo? —preguntó desconfiado.

—Lo mismo que saben mis padres o la misma Claudia, que trabajo para la Seguridad del Estado, nada más.

—De acuerdo.

—Solo lleguen hasta Ourense, allí estarán seguros.

Extrajo su iPhone 6 gris del pantalón y acarició la pantalla con la foto de sus hijos.

—Por favor, destrúyelo cuando me marche.

El Decano agarró el celular con un poco de recelo, pues era el presagio de algo peor que, estaba seguro, Tino no le diría.

—¿Quién te persigue, Tino? —le preguntó.

—No lo sé aún, por eso debo regresar a Cuba cuanto antes para descubrir quién me quiere joder.

La palabra "Cuba", molestó al Decano.

—¿Rosa? —preguntó con incredulidad.

—Por favor, vete para Ourense, no tomes la autovía, viajen fuera de las rutas comunes, no regales nada, cero contactos —le dijo Tino con desespero y evitando una respuesta—. Espero que no hayas perdido la puntería por culpa del retiro.

Parecía un chiste de Tino, pero no lo era y el viejo lo sabía. Tino hablaba muy en serio, especialmente cuando su familia estaba de por medio.

—Todas las semanas practico. Nunca se sabe —ambos se miraron, el Decano no podía estar más en lo cierto—. Solo dime algo más, ¿de dónde vienes ahora?

Tino volvió a chequear la hora, cinco minutos más. Observó al Decano, quien no tenía intenciones de moverse hasta que le respondiera.

—De Ronda.

Esa no era la respuesta que quería escuchar, pero era la que se temía.

—Está en todas las noticias de Andalucía el accidente del ladrón de Ronda.

—No tuve alternativa. Tenía que ahuyentarlos para ganar tiempo.

—No, a mí no me tienes que justificar nada —le dijo con un ademán desinteresado.

Tino inclinó la cabeza, se desesperaba porque el tiempo pasaba y no podía exigirle más de lo que ya lo había hecho. El Decano se acercó y le puso ambas manos en el rostro.

—Te voy a decir lo mismo que te dije hace seis años cuando te traje para acá después de tu primera ejecución en la Gran Vía —Tino levantó la cabeza y lo miró fijamente, buscando una razón—. En este negocio, cuando uno llega al punto en el cual sabe más de lo que le toca, solo le restan dos caminos: o matas o te matan. Los ejemplos sobran y tú los conoces bien.

Le soltó el rostro y regresó a la puerta del vestíbulo. La abrió completamente, dio un paso y se detuvo en la acera esperando a Tino, quien se le unió inmediatamente.

—En la esquina de Maese —le señaló hacia esa dirección—, dos cuadras más abajo, hay un parqueo subterráneo con dos salidas: Maese y San Pedro. Son cuatro niveles, te espero en el segundo. Seguro que traes cola y dentro de la ciudad no vas a hacerles perder el rastro. Entra por Maese, me dejas a Claudia y los niños y sales por San Pedro, que te lleva directo hasta el puente de Andalucía y de ahí a la autovía.

Tino lo abrazó como si fuera su padre. La despedida fue breve.

—Gracias, Decano. Algún día me vas a contar cómo te dejaron sacar esa pistola de Cuba y, mejor aún, como te dejaron entrarla a España.

Ambos sonrieron con complicidad.

—¿No escuchaste lo que te acabo de decir? Demasiada información. Si te lo cuento, tendría que matarte —le dijo burlándose—. Dale, nos vemos en treinta minutos.

El Decano regresó al interior del apartamento y cerró la puerta sin mirar atrás. Tino observó la hora en su reloj. «Estoy en tiempo», pensó, aliviado, y empezó a correr tan rápido como podía.

El restaurante estaba casi lleno. Apenas había una mesa vacía, pero seguramente no por mucho más tiempo. Tino llegó hasta su mesa y, mientras el camarero terminaba de recoger los platos, se sentó como si no hubieran transcurrido casi veinticinco minutos desde que se había marchado.

—¿Se siente mejor? ¿Quiere que le ponga su cena para llevar? —le preguntó el camarero.

Tino observó su plato aún sin tocar, revisó la hora y le dirigió una mirada a Claudia, quien lucía preocupada y no le quitaba la vista.

—Mejor vayamos directo al dulce. No se preocupe por mi cena, con el postre y un expreso será suficiente.

—Como desee.

—Nos trae dos cremas catalanas para compartir los cuatro —pidió Claudia haciendo énfasis cuatro como la palabra más importante de su pedido.

El camarero asintió y se marchó con todo lo que había recogido.

—Lo de anoche no fue un simple robo, ¿cierto? —indagó Claudia.

Tino, sorprendido por lo inesperado de la pregunta, hizo un breve silencio. —No —admitió con sinceridad.

El semblante de Claudia se transformó. Su rostro se tornó pálido al escuchar la respuesta.

—¿Estamos en peligro? —dijo casi con lágrimas.

Tino estiró el brazo y le agarró la mano. La miró con ternura.

—Todo va a estar bien, no te preocupes.

Claudia retiró su mano y se secó torpemente las lágrimas, escondiendo el rostro para que sus hijos no la vieran llorar.

—Yo no te voy a preguntar por qué sucedió lo de anoche ni quién era ese hombre. Yo te amo y siempre lo haré, pero mis hijos no pueden y no van a correr peligro por culpa de tu trabajo. Mejor llamo a mi madre y me monto esta misma noche en un avión a Barcelona para que puedas tú solo solucionar lo que sea que está pasando.

Tino la escuchó calmadamente. El camarero regresó con los postres y los colocó sobre la mesa junto a cuatro cucharas. Cada niño tomó una. Tino exploró los alrededores y volvió a mirar a Claudia.

—A ti y a los niños no les va a suceder nada, nunca lo permitiría. Confía en mí esta última vez, pronto todo se arreglará. Ya verás.

Claudia le mantuvo la vista fija a Tino, se debatía entre creerle o no. Agarró una de las cucharas y comenzó a comer del postre junto con sus hijos.

En las afueras del restaurante, varias personas esperaban pacientemente por la hora de su reserva. Tino, Claudia y los niños caminaban hacia el auto, estacionado no muy lejos del lugar.

—Les hago una foto. ¿Me prestas tu teléfono, Claudia?

Ella se recostó en el auto con cada niño a su lado mientras Tino componía la foto en la pantalla del celular. Quería incluir en la imagen el contraste de la noche con las luces del puente de Córdoba. Un Toyota híbrido plateado, al otro lado de la calle, próximo al puente, interrumpió la creación de la foto. Ya lo había visto en la autovía igual, con dos hombres caucásicos en su interior, pero sin poder identificar sus rostros. "Tienen que ser ellos", pensó. El flash del celular iluminó la acera.

—La segunda, por si acaso —insistió.

Llevó el zoom de la cámara del celular al máximo dirigido directamente al interior del Toyota. Los dos hombres conversaban sin quitarle la vista de encima, pero sus rostros estaban distorsionados, indescifrables, a través del lente en la cámara del celular.

—Listo, ¿nos vamos? —le preguntó a su familia.

Los cuatro se montaron en el auto. A esa hora, el tráfico de peatones duplicaba al de vehículos y Tino conducía muy lentamente, revisando por el retrovisor si el Toyota los perseguía. Detuvo el Mercedes en una esquina frente a un paso peatonal. La cuadra terminaba y tenía la posibilidad de cambiar hacia la senda opuesta. Chequeó la hora y el retrovisor. El Toyota estaba a dos carros por detrás de ellos. Al cruzar el último peatón, pisó fuerte el acelerador e hizo un brusco giro en U a la izquierda para deleite de Lucas y Rafael. Claudia reaccionó al inesperado movimiento con preocupación.

—Pónganse el cinturón —les ordenó Claudia a los niños.

El Toyota repitió el giro en U, pero sin tanto estruendo. Tino sabía que no podía hacer mucho por despistarlos en tales condiciones de tráfico, pero al menos ya confiaba en haber podido identificarlos y solo restaba llegar hasta el estacionamiento subterráneo donde lo esperaba el Decano para completar el despiste.

La calle Colón era estrecha para un auto como el de Tino y el rugido de su motor diésel reverberaba más de lo normal, asustando a los transeúntes, quienes evitaban el vehículo. Las gomas chirriaban al rozar contra el borde de la acera. Distinguió la esquina de Maese a unos veinte metros y subió completamente el auto a la acera de su lado, provocando la huida de los peatones en sentido contrario mientras maldecían al chofer. El auto ganó en velocidad y ya se alistaba para girar a la derecha en Maese y seguir hacia el parqueo subterráneo. El Toyota, más ligero y estrecho, se mantenía al acecho, ahora con solo un auto de por medio entre ambos. Claudia observó a Tino, presagiaba que algo estaba por suceder, lo sentía. Soltó el seguro de su cinturón de seguridad y se volteó para trepar sobre su asiento e ir hacia los niños.

—Aún no —le dijo Tino, al tiempo que estiraba el brazo derecho y colocaba la mano sobre su pecho transmitiéndole calma.

LA ENTREGA

Claudia respetó su pedido. La puerta al estacionamiento subterránea estaba completamente abierta. El cartel digital indicaba que había trece plazas disponibles. Inmediatamente después de traspasar el umbral, Tino apagó las luces del auto y redujo la velocidad.

—Ahora, pásate junto a los niños —le dijo a su mujer con autoridad.

No le tomó ni dos segundos a Claudia incorporarse al asiento trasero y sentarse entre sus dos hijos.

—Quítales el cinturón, el Decano los está esperando, se tienen que marchar con él.

Claudia lo buscó en el retrovisor. Ambos se cruzaron las miradas. El susto la dominaba, sabía que la despedida era inevitable, pero no dudaba de las razones de Tino para tomar una acción tan drástica.

—Yo voy a regresar, haz todo lo que te diga el Decano. Él sabe qué hacer. Ahora solo importa que ustedes tres estén a salvo. No puedes ir a Barcelona ni hablar con nadie de tu familia por el momento, espera a que yo venga por ustedes.

—Entonces tú...

—Yo voy a estar bien.

El auto comenzó a descender casi verticalmente producto de la inclinación de la rampa y se fue introduciendo en un boquete oscuro, estrecho y apenas iluminado en forma de espiral. El motor cedió y su sonido se hizo muy leve. Claudia le quitó los cinturones a sus hijos, quienes ya no parecían disfrutar mucho del momento con sus rostros serios y en silencio. El Mercedes realizó el último giro en la antesala del segundo nivel del estacionamiento.

Un breve flash de luz alertó a Tino y detuvo el auto en el descanso junto al Decano.

—¡Rápido, ahora! —gritó y encendió las luces del auto.

Primero saltó Rafael, seguido por Claudia y Lucas. El Decano cerró la puerta tras Lucas y los guio a toda prisa hacia su carro, parqueado en el primer espacio al lado del descanso entre pisos. Tino observó por el retrovisor las luces centelleantes de los zapatos de sus hijos, que se introducían junto a Claudia en el auto del Decano justo cuando empezó a iluminarse la espiral por donde recién había descendido. Aceleró todo lo que pudo el motor, buscó el cartel de salida hacia San Pedro al final del parqueo y se dirigió hacia este rechinando las gomas contra el pavimento liso para perderse en la curva de ascenso seguido muy de cerca por el Toyota Prius.

La Gran Vía de Madrid no estaba como de costumbre, con autos y transeúntes yendo de un lado a otro, moviéndose constantemente en medio de un ruido ensordecedor. Era domingo y aún muy temprano para turistas y locales. Un ómnibus transitaba vacío, un pequeño camión de limpieza humedecía la calle con fuertes y breves chorros de agua al mismo tiempo que recogía la basura de la noche anterior apilada contra la acera. Tino conducía por la Gran Vía a poca velocidad. Se detuvo en el semáforo de la calle de Silva. Mientras esperaba, cerró los ojos, necesitaba descansar, aunque fuera el par de minutos que tomaba el cambio de luces. Se despertó de un sobresalto al sentir los chorros del camión de limpieza contra su auto. La luz estaba ya en verde. Realizó un lento giro de ciento ochenta grados a la izquierda para mantenerse sobre la Gran Vía, pero en dirección opuesta a la que venía.

Manejaba sin prisa. La Gran Vía hacía un pequeño descenso obligado e inclinado a la derecha al llegar a la calle Valverde. Disminuyó la velocidad y puso ambas manos sobre el timón, miró al frente, en dirección a los amplios cristales transparentes que formaban la fachada del restaurante Gran Clavel dos cuadras más abajo en la calle de nombre casi idéntico. Cambió de senda y se incorporó al carril del centro, faltaba solo una cuadra para llegar a la esquina de la calle Clavel. Inquieto, acomodó sus manos en el timón, dio un acelerón corto para dejar caer el auto por inercia mientras se corría hacia el tercer carril.

Permitió que el auto avanzara suavemente hasta llegar al contén, que lo detuvo evitando que se subiera a la acera.

El golpe seco de la goma contra el contén casi desvía su ruta, pero Tino aguantaba el timón con toda su fuerza para no perder el control. Los pocos transeúntes que caminaban a esa hora de la mañana por la amplia acera de la Gran Vía evitaban ser atropellados por milésimas de segundos. Viktor aún no podía creer que Tino embestía su auto contra el suyo obligándolo a conducir directamente contra la fachada del Restaurante Gran Clavel. Había escogido ese lugar para ejecutar a Viktor no por elección, sino por oportunidad. El descenso que antecedía a la calle Clavel a través de la Gran Vía le había permitido esconderse del espejo retrovisor de su perseguido y la calle Clavel, además, estaba bloqueada por una gigante grúa de construcción que impedía el acceso hacia y desde la Gran Vía. Ninguna maniobra le funcionaba a Viktor y los frenos cedían por culpa de la lluvia.

La fachada de cristal quedó totalmente destruida por el choque de los dos autos. El de Tino, un Peugeot 307 azul recién estrenado, se había empotrado contra la parte izquierda. Aún podía sentir los vidrios mezclados con la sangre en su boca, el cuello tieso por culpa del golpe, la lluvia colándose por las ventanillas rotas y las personas alrededor del carro gritándole; aunque era imposible escucharlas por culpa del sonido infernal de la atascada bocina del auto. A su derecha, el Ford de Viktor había quedado atrapado bajo el pesado y opulento marco de madera de la puerta que servía de entrada principal al lugar y que se había desplomado sobre el techo del auto junto con el resto de los cristales de la fachada. La cabeza del búlgaro estaba girada hacia su izquierda, como si estuviera mirando a Tino. Había roto con el impacto el cristal de la ventanilla y parecía que se había desnucado, pues su cabeza descansaba de forma innatural sobre el borde de la puerta mientras la sangre le brotaba de la frente diluyéndose con la lluvia.

El repentino reflejo del Toyota Prius en los cristales del mismo restaurante interrumpió los recuerdos de Tino. Lo buscó por el retrovisor, apenas estaba a unos cinco metros detrás de él, parqueado junto a la acera. Ahora sí podía distinguir bien sus rostros. Estiró su mano derecha y la introdujo en el primer bolsillo de la mochila que descansaba en el asiento del pasajero. Extrajo la llave de las tuercas de seguridad del auto y la colocó sobre su muslo. Esperó. Quitó el pie del freno y comenzó a avanzar lentamente.

La terminal cuatro del aeropuerto de Barajas recibía a los primeros clientes del día. El parqueo de los autos Hertz estaba en el primer piso del edificio adyacente a la terminal desde donde partían los vuelos de Iberia. Tino estacionó el auto, lo revisó por última vez, devolvió a su lugar la llave de las tuercas de seguridad, recogió su inseparable mochila y se digirió hacia la salida. Cruzando la calle que separaba ambas instalaciones, buscó el Toyota híbrido. Estaba atascado en medio del tráfico próximo al cruce peatonal. Los dos hombres en el interior del Toyota lo observaban y no vaciló en sostenerles la mirada y exponerse abiertamente. Al llegar a la entrada de la terminal, aún sin traspasar el umbral de la puerta eléctrica, se fijó en el vuelo de Iberia con destino a La Habana en la pantalla de los horarios de partidas y llegadas. Levantó la mano derecha mientras se introducía en la terminal con el dedo índice y el del medio en señal de victoria e inmediatamente recogió el dedo índice, dejando solo el del medio como despedida final a sus perseguidores.

Capítulo IV
De vuelta a casa

El taxi descendía por la calle Paseo. Tino, con las ventanas del auto abiertas, podía oler el mar cerca. El sueño lo vencía por momentos, llevaba dos noches seguidas sin dormir, pero el calor y la humedad de La Habana lo mantenían despierto. «Coño, que no hay un taxi en La Habana con aire acondicionado», pensó mientras sacaba la billetera de su pantalón.

El cambio a la luz roja del semáforo en la esquina de Paseo y Línea obligó al taxi a detenerse, lo cual aprovechó para pagar y marcharse. La cafetería El Potín, justo en la misma esquina, ya estaba abierta, así que llegó hasta su terraza y pidió un café doble sin azúcar. Mientras lo bebía, observaba el edificio alto de color blanco y verde en la esquina de Línea y A, a una cuadra de donde él estaba, que se erguía ajeno al usual tránsito peatonal y de autos de sus alrededores.

El tráfico en La Habana no se comparaba con ninguna ciudad que conociera. No había muchos autos, aunque trataba de evitar los más contaminantes mientras cruzaba la calle. La ciudad era ruidosa porque la mayoría de los vehículos eran carros americanos de los cincuenta y expulsaban más gases tóxicos que cien carros modernos juntos de cualquier otra capital del mundo. Llegó hasta la solitaria esquina de Línea y A, se quitó la mochila de la espalda y se digirió a las impecables escaleras de mármol negro que servían de entrada principal al edificio verde y blanco. Un soldado vestido de verde olivo, que portaba una cartuchera con una pistola en la cintura, lo recibió en el tope de la escalera y lo saludó militarmente, gesto que Tino reciprocó.

La luz natural iluminaba a través de sus amplias ventanas de cristal la mediana oficina compuesta por dos escritorios de madera colocados frente a frente. Una laptop Sony abierta, estaba sobre uno de los escritorios, mientras que en el otro solo había una caja cerrada de color gris metálico que tenía forma rectangular y era de poca altura. Tino entró a la oficina y fue directamente al buró donde estaba la caja metálica. La observó extrañado, pero no la tocó. Tiró su mochila sobre la silla, corrió la cremallera y extrajo un juego de llaves. Colocó la mochila sobre el respaldo de la silla y se sentó. Se agachó a su izquierda y abrió la gaveta más grande. Tomó una pistola Glock 43 de 9mm, le sacó el peine, contó las balas y chequeó que tuviera una en la recámara del arma. La devolvió a la gaveta y le pasó llave.

—¡Eh!, ¿y tú qué haces aquí? ¿Qué te pasó en la cara? —le preguntó Miguel sorprendido y en tono burlón desde el umbral de la puerta.

Miguel se acercó a Tino y lo saludó con un fuerte apretón de manos. Fue hasta su escritorio y se sentó, cerró la laptop y bebió del café que traía consigo.

—Nada, Claudia y yo que no pudimos aguantarnos hasta el final de las vacaciones como era de esperar —le contestó sin mucha importancia—. ¿Y eso? —preguntó entonces, señalando la caja metálica con la mirada.

Miguel dejó la taza sobre su escritorio, se paró de su asiento y se colocó frente a la caja mirando a Tino. Le dio un par de palmaditas provocando un sonido metálico compacto y fijó la mirada en Tino con una expresión indescifrable.

—Etopodarok —le dijo en un pésimo ruso.

—¿Un regalo? —repitió suspicaz.

Ante su mirada incrédula, Miguel corrió los cilíndricos cierres de la caja. No pudo evitar sentir cierta ansiedad mientras esperaba mostrar el contenido de esta. Lo primero que extrajo Miguel fue el estuche de una mirilla telescópica que puso sobre el escritorio e inmediatamente después, un fusil AS Val ruso de última generación. Se colocó el fusil al hombro y apuntó hacia el horizonte a través de las ventanas. Tino no entendía la razón detrás del presente.

—¿Lo probamos hoy? —Miguel sonaba como un niño con un juguete nuevo.

—Seguro —le respondió sin mucho interés—. ¿Sabes cuál es el motivo del regalo? —preguntó intrigado.

El otro bajó el fusil y lo devolvió a la caja, recogió el estuche de la mirilla telescópica y también lo puso de vuelta en su lugar. Regresó a su silla mientras Tino esperaba por una respuesta.

—Ni idea, pero hoy le podremos preguntar a nuestros aliados —dijo y usó sus dedos para entrecomillar la palabra "aliados"—. No pudiste llegar en mejor momento: a las once tenemos reunión con los rusos.

La respuesta lo tomó por sorpresa. Se levantó de su silla y caminó hasta a Miguel.

—¿Cambiaron la fecha? —Estaba un poco intranquilo con la noticia—. La reunión con ellos era para finales de abril cuando regresaras de tus vacaciones.

Miguel encogió los hombros en señal de desconocimiento, mirando hacia la parte posterior de la oficina donde había una puerta de cristal grueso y nevado que no permitía ver hacia su interior. Tino se dirigió hacia ella.

—Rosa no está. Se fue desde temprano a reuniones con el nuevo ministro aquí mismo en el búnker.

A medio camino entre el escritorio de Miguel y la oficina de Rosa, se quedó pensativo, indeciso sobre qué hacer.

—Voy a buscar café, ¿quieres que te traiga? —le preguntó a Miguel encaminándose a la puerta de salida de la oficina y casi chocando en el umbral contra Rosa, quien no se sintió extrañada con la inesperada visita de Tino. Ambos quedaron frente a frente.

—Me imaginé que habías regresado. Te estoy llamando desde el sábado, pero no respondes al celular, por lo que asumí que estabas camino de vuelta a casa. Claudia, ¿no? —Rosa caminaba hacia su oficina mientras hablaba— . ¿Ya te dijo Miguel que tenemos reunión a las once?

—Sí —Tino la siguió—. ¿Y el cambio de fecha se debe a...?

Rosa ignoró la pregunta y abrió la puerta. Entró primero, pero dejó la oficina abierta dándole entrada a Tino y dirigiéndose directamente hacia la derecha en su interior. La oficina de Rosa, en forma de L, hacía esquina y tenía amplias ventanas de cristal a lo largo de ambos lados. El lado más pequeño miraba al norte, hacia el extenso mar que bordeaba el malecón habanero y el otro, más largo, hacia el lado oeste de la ciudad. Las cortinas estaban todas recogidas y eso facilitaba la vista hacia el exterior y permitía la entrada de la suave luz de la mañana, algo que cambiaba después de las doce del mediodía, cuando era imposible no usarlas en el lado oeste para aislarse del constante sol de la tarde. En el otro extremo, una puerta daba acceso al baño de la oficina y el resto de la pared estaba completamente ocupada por archivos de metal correctamente cerrados con llave y sellos privados.

Bajo el extenso ventanal que miraba al oeste, había un sofá de piel acompañado por dos butacones que miraban directamente al escritorio. Tino cerró la puerta tras de sí y fue directamente al sofá a esperar por Rosa, quien había entrado al baño. Las fotos sobre el escritorio eran una invitación a recorrer la biografía de su jefa. La mayoría se remontaban a su infancia, con su familia, en diferentes momentos y lugares. Había tres fotos en particular que eran imposibles de evitar, no solo por su posición sobre el escritorio, sino también por su contenido.

La primera era de una Rosa adolescente parada junto a su padre en un bello y amplio jardín frente a una mansión, mirando de forma extasiada a un desgreñado y barbudo Fidel Castro en una pose casual, vistiendo su típico uniforme verde olivo. En la segunda, Rosa, joven y sonriente, posaba en una planicie cubierta por un manto blanco de nieve bajo un cartel donde se leía Siberia. La tercera, Rosa, ya adulta y con rostro serio, de pie junto a su padre y Fidel Castro durante los Juegos Olímpicos de Barcelona en 1992. Tino solo conocía la historia detrás de la primera foto. Las otras dos, aunque aparentemente obvias, estaba convencido de que debían tener su propia leyenda.

Rosa salió del baño, caminó hacia el sofá y se sentó junto a él, algo que lo distendió plácidamente, pues no era su costumbre.

—Espero que los arañazos en tu cara sean responsabilidad de Claudia —le dijo con sarcasmo—. Dime de los niños, seguro van a extrañarte. ¿Por dónde anda Claudia con ellos?

—Por Barcelona —le respondió rápidamente para evitar dar más detalles—. No creo que me extrañen mucho de momento porque están entretenidos con sus primos. Ya después veremos.

—Tú no habías regresado más nunca a España desde...

—No —contestó antes de que ella pudiera terminar la frase—. Y como solo estuve en Barajas brevemente, ni me acordé de eso —se acomodó en el sofá de forma tal que interrumpía la visión de Rosa hacia el mar—. Entonces, ¿se mantiene la reunión con ellos a finales de mes en Moscú o con la de hoy nos encargamos de todos los asuntos pendientes que tenemos?

La jefa se puso de pie y se acercó a la ventana detrás de su escritorio. Fijó la vista en el mar, disfrutándolo.

—Yo no creo que cuando me "retiren", lo cual todo parece indicar que será más pronto de lo que yo pensaba, me vaya a España —dijo.

Tino se levantó como un resorte y se apresuró a llegar a su lado. La mujer abrió la ventana completamente, permitiendo que se colara el ruido citadino y el viento marino solo perceptible a esa altura. Él inclinó el torso lo más que pudo a través de la ventana tal y como ella hacía.

—Tendrían que ser muy estúpidos para hacer algo como eso. ¡Si este ministro no lleva ni un mes en el cargo y no tiene ni puta idea de lo que hacemos aquí!

—No sabe cómo hacer lo que hacemos, pero sí conoce que manejamos información sensible que puede desestabilizar a este gobierno en cualquier momento. A eso le temen y estoy segura de que están buscando sustitutos.

Ambos conversaban sin mirarse y sus voces apenas se escuchaban al perderse en el ruido ambiental.

—¿Crees que ya tienen a alguien en mente? —le preguntó.

Rosa se quedó pensativa, mirando al mar en el horizonte, tratando de encontrar las respuestas que se le escabullían.

—Puedes estar seguro —se giró de forma tal que ambos quedaron frente a frente, aunque mantenían sus torsos inclinados hacia el exterior—. Van a esperar el momento adecuado para sacarme como le hicieron al Decano. Solo que en ese momento yo era la única persona capaz de sustituirlo.

—Pero él cometió algunos errores que le costaron el puesto —le argumentó Tino.

—Sí, eso lo sabemos, pero el objetivo era sacarlo y usaron esos errores para extirparlo, así como harán conmigo cuando crean oportuno. Esta gente no va a parar hasta que no hagan una limpieza generacional total y yo soy una de las últimas piedras que les queda en el zapato.

—¿Y qué propones...? —le preguntó intrigado.

—Nada de momento, solo cuidarnos las espaldas mutuamente.

—Okey.

—Una cosa más, a la reunión de hoy viene VasilySerminov. Te necesito al día con todas tus cosas.

—Por supuesto —le respondió como si fuera un reflejo—. Ven acá, ¿este Vasily es "Vasily" —insistió Tino con incredulidad—, el jefe del

FSB?, ¿el mismo que estudió contigo en la escuela de la KGB? Tú me has dicho que fueron muy buenos amigos durante mucho tiempo.

La mujer se volteó para mirar la foto que descansaba sobre su buró y en la cual disfrutaba de la nieve siberiana. Tino persiguió su mirada para llegar al mismo lugar.

—Y quien me hizo esa foto —añadió ella con nostalgia—. Pero la reunión de hoy no es entre amigos —dijo ahora con un tono solemne—. Vasily no se ha tomado el trabajo de volar hasta acá sin un motivo muy grave y, desafortunadamente, no puedo ni imaginarme de qué se trata. ¿Qué se te ocurre que puede haber detrás de esta visita?

—Ni idea —le respondió sin vacilar—. ¿Cuándo fue la última vez que ustedes se vieron?

Rosa cerró la ventana e inmediatamente se sentó en su silla junto al escritorio mientras Tino regresaba al sofá.

—Hace muchos años —respondió evasiva—. Vamos a ver qué quieren y vamos a cooperar con ellos como corresponde a la relación actual. Yo tengo que bajar al búnker a terminar una reunión y te espero allí a las once, ¿de acuerdo?

Asintió poniéndose de pie para marcharse. Llegó hasta la puerta y la abrió.

—¿Por casualidad no te encontraste al Decano por España? —La pregunta lo frenó y llamó la atención de Miguel, quien había podido escucharla desde su buró.

—No, no lo vi —Tino giró lentamente para colocarse frente a frente con ella y sus miradas se cruzaron—.

¿Algo más?

La pregunta no era por gusto. Lo sabía y no se podía dar el lujo de crear ningún tipo de duda.

—Cierra la puerta —respondió Rosa ya sin mirarlo mientras se concentraba en la lectura de unos documentos.

La pequeña sala tenía una batería de televisores de alta definición que transmitían las imágenes de las cámaras exteriores mientras observaban y exploraban los alrededores del lugar, incluido su único y amplio patio lateral interno que también podía servir de acceso a todo tipo de vehículos si fuera necesario. Un soldado vestido de verde olivo, sentado al pie de las pantallas, distinguió a Tino en la puerta de metal exterior que rodeaba la propiedad. Este miró a la cámara con una sonrisa burlona y el militar lo reconoció enseguida. Pulsó el botón instalado en la esquina de su mesa y la puerta metálica se abrió permitiéndole ingresar al patio.

Tino caminaba lentamente mientras intercambiaba saludos formales con dos custodios vestidos de civil que recorrían la periferia de la casa ininterrumpidamente. Por debajo de las impecables guayaberas blancas de ambos sobresalían perfectamente las pistolas Udav rusas. La vegetación del patio era sencilla, pero muy bien cuidada; de poca altura y compuesta fundamentalmente por helechos y flores. El pasillo lateral terminaba al llegar a lo que en algún momento fue la vivienda de los empleados de la casa principal. La puerta se abrió y continuó sin detenerse.

El aire acondicionado de la pequeña sala funcionaba a toda potencia. Se acercó hasta un escáner personal para detectar metales situado junto una máquina de rayos X, se deshizo de su reloj, cinto y billetera, y los colocó dentro de una cesta plástica que depositó sobre la cinta de la máquina de rayos X. Cruzó el escáner y, al pasar, este no emitió ningún sonido. La cesta estaba ya al final de la cinta y rebotaba, pero no la recogió; permaneció quieto, esperando. Un soldado salió de detrás de una de las dos puertas frente a él con un artefacto electrónico para detectar diminutos equipos de grabación de sonido y emisores de onda corta que pudieran estar camuflados dentro de la ropa o los zapatos. Extendió sus brazos y piernas automáticamente y el militar examinó cuidadosamente su cuerpo con el dispositivo. Al concluir la revisión, se marchó por la misma puerta por donde había llegado y

LA ENTREGA

Tino recogió la cesta de la cinta, guardó la billetera en su pantalón, se colocó el reloj Casio en la muñeca izquierda, como de costumbre, y devolvió el cinto a su lugar. Dejó la cesta sobre la máquina de rayos X y se dirigió hacia la otra puerta.

El salón estaba en penumbras y el único reflejo de luz provenía de una ventana de vidrio transparente y rectangular que miraba hacia el salón de reuniones contiguo. Rosa, de pie al lado del cristal, lucía muy concentrada, pendiente de lo que sucedía al otro lado. Tino llegó hasta ella sin interrumpirla y corrió hasta el final la cortina de la ventana para ganar en visibilidad porque también estaba interesado en lo que ocurría. Por momentos, dirigía su mirada al espejo opuesto en el salón de reuniones, situado paralelamente al de ellos, con el mismo propósito. Dentro del salón, ocho personas conversaban amigablemente a través de sus respectivos traductores sentados en una mesa de madera preciosa. Rosa estiró la mano izquierda sin mirar hasta llegar a un panel con dos interruptores. Agarró el primero de ambos y alzó un poco el volumen, lo suficiente para que, tanto ella como Tino, pudieran escuchar mejor de lo que se hablaba.

—Política barata —comentó acto seguido, con la mirada fija en un hombre de unos cincuenta años, ojos azules, vestido de guayabera blanca y el más sonriente y activo dentro del grupo—. ¿Tú sabes lo que me dijo el cabrón este hoy?

Volvió a extender el brazo, pero esta vez bajó el nivel del volumen hasta el mínimo y encendió las luces. A Tino le tomó un par de segundos acostumbrarse a la luz mientras ya Rosa estaba sentada en una de las dos sillas que componían la única mueblería del salón. La imitó y ocupó la segunda silla.

—¿Qué te dijo? —le preguntó mientras vigilaba la puerta justo a la izquierda del cristal, deseando que no se abriera aún—. ¿Lo que me comentaste ahorita, que te retiraras?

—Ese no tiene cojones para pedirme eso. Me preguntó que si quería vender la casa porque su hijo se iba a casar y estaba buscando algo cerca de la suya. Claro, como soy una vieja solterona se piensa que la casa está en el mercado, pero ¿sabes qué? Primero le doy candela antes que vendérsela —respiró profundamente a modo de relajación antes de volver a hablar—: Ven acá chico, ¿Claudia no querrá comprarla ahora que se van a divorciar? Yo sé que a ella nunca le ha gustado vivir en el penthouse de la Habana Vieja. Yo me mudo para el cuarto de empleados y ella se queda con el resto. La casa es lo suficientemente grande para todos y no me va a ver ni por casualidad, solo cuando me tenga que enterrar.

Tino no sabía si reírse con el pedido o tomar en serio su amenaza de incendiar la casa. La conocía lo suficiente como para saber que era capaz de hacerlo.

—Va a ser difícil que veas a Claudia de vuelta en Cuba. Pero una casa como esa la puedes vender al precio que quieras —le dijo.

—¿Y por qué no va a regresar más a Cuba? —preguntó molesta.

—Toda su familia vive allá y si no se había mudado antes era por mí. Ahora que el divorcio es inevitable, y tal y como están las cosas en este país, prefiero que mis hijos crezcan por allá.

—Si todos pensaran como tú, este país se quedaría vacío —le dijo preocupada.

—Yo no pienso irme nunca y eso lo sabes bien, pero en estos momentos en particular prefiero que ellos no vivan en Cuba.

—Chico, ¿qué tiene de particular este momento en Cuba diferente a los últimos diez años que has trabajado en la Seguridad del Estado? —preguntó ella desafiante.

La puerta se abrió de golpe e interrumpió la conversación de ambos. Tino disimuló el alivio y se apresuró a levantarse, seguido poco después por su jefa. Tres personas salieron del salón contiguo y continuaron su camino hacia la puerta de salida evitando mirarlos. Por último, apareció el hombre que Rosa había estado observando detenidamente a través del cristal y se dirigió directamente hacia ella, no sin antes interrumpirle el paso a Tino, quien ya caminaba en dirección al salón de reuniones. Lo sorprendió tomándolo del brazo para llegar juntos hasta Rosa.

—Este debe ser Tino, ¿cierto? —preguntó el hombre sin quitarle la vista, aunque la pregunta era para su jefa.

—Así es, Randy —respondió Rosa, incómoda ante el inusual gesto de familiaridad del ministro.

A Miguel ya lo conozco; de hecho, trabajé un tiempo con su padre hasta que enfermó —dijo con un tono de lástima forzado—. Un gran hombre, sin duda. Pero bueno, solo me faltabas tú para conocer al famoso equipo de Rosa. ¿Qué tal las vacaciones en España? Yo tengo muchas ganas de ir, pero con tanto trabajo no sé cuándo podrá ser.

—Todo bien —afirmó Tino escuetamente.

—Rosa, tenemos que organizar un almuerzo entre todos para intercambiar ideas. Tino y Miguel son el futuro de este departamento y quiero estar al día sobre todo el trabajo que hacen.

—Claro, prepararemos algo y te dejamos saber.

—Muy bien. Tino, ¿me regalas un par de minutos a solas con tu jefa? —le preguntó Randy con respeto.

Tino asintió cortésmente y el ministro le dio un apretón de manos para despedirlo.

—Entonces, Rosita, ¿has pensado en una cifra por la casa? —preguntó mientras se estiraba la guayabera, pero su protuberante vientre no le permitía lograrlo totalmente.

Ella no le respondió de inmediato, su malestar era evidente. Aprovechó y se corrió de la frente un mechón de cabello canoso que se interponía ante sus ojos.

—Ya te dije, Randy, que mi nombre es Rosa —le dijo con calma y en tono enfático—. Y no, no he pensado en una cifra porque la casa que construyó mi padre con tanto esfuerzo no la voy a vender.

A Randy no le importó el regaño, pues la llamaba de esa forma con toda intención.

—De acuerdo, Rosa —le dijo mirándola directamente a los ojos y cambiando por completo su actitud desenfadada—. Valora que casi te voy a hacer un favor porque sabes que en la zona donde nosotros vivimos, las ventas a terceros son casi imposibles a menos que el ministro del Interior —dijo Randy alardeando y refiriéndose a sí mismo de forma arrogante—, las apruebe. Yo, mejor dicho, mi hijo —rectificó sin pudor—, te va a pagar el precio de mercado por la casa. No pierdas la oportunidad de obtener un dinero que te será muy útil cuando te retires.

Una vez más Randy intentaba provocarla, pero carecía de las habilidades necesarias para lograrlo. Rosa no lo respetaba a pesar de que era su jefe inmediato y él lo sabía.

—En cuanto al tema ruso —cambió de tema intentando imponer su rango—, tenemos que cuidarlos y tienes que colaborar con todo lo que te pidan.

—¿Tengo? ¿Y desde cuándo los rusos mandan aquí? —Randy permaneció en silencio—. En los noventa, cuando los rusos nos dejaron solos, tú eras muy joven y estabas más preocupado por dar salticos de lealtad en las reuniones de la juventud comunista o por dejarte el pelo largo, pero esta que está aquí, junto a muchos otros, nos tuvimos que adaptar a vivir sin ellos y lo logramos. Gracias a nosotros, tienes el puesto que ahora disfrutas.

—Los tiempos han cambiado —se defendió malhumorado.

—Pero los idiotas no —afirmó Rosa.

Su respuesta provocó que ambos quedaran en un absoluto silencio. El hombre no podía creer lo que acababa de escuchar mientras pensaba qué responderle a Rosa siendo conciliador.

—Nadie niega tu compromiso con el país, Rosa, eso lo sabemos todos —dijo Randy quitándole presión a la conversación—. Tu historia nadie la puede cambiar, pero debemos protegernos de los Estados Unidos y los rusos nos ofrecen ese apoyo.

—El impeachment contra el presidente americano está por llegar al Congreso —alegó.

—Vamos, Rosa —le contestó con sorna—. Hasta yo sé que, si el impeachment llega al Congreso americano, posiblemente veamos otra guerra civil porque su base sigue siendo mayoría en ese país y no lo van a dejar pasar tan fácil.

Rosa se sorprendió con el comentario, pero logró disimularlo para evitar darle la razón, consciente de que la tenía.

—Este presidente americano no va a perder las elecciones —sentenció Randy—. Míralo como tu último servicio al país antes del retiro.

—Mira, Randy, te voy a decir algo que quizá algún día te sirva de consejo porque no creo que tengamos muchas más oportunidades de mirarnos de frente como ahora —dio un paso y quedó a unos milímetros de su rostro, mirándolo fijamente—. El día que yo crea que no pueda dar lo mejor de mí, me voy solita, sin que nadie me lo pida —dio un paso atrás—. Sí, voy a colaborar con ellos —Randy dejó escapar un respiro de alivio—, pero hasta donde "yo", crea que sea necesario. Tan pronto terminó su frase, lo dejó solo, molesto e indefenso ante su decisión.

Tino estaba reorganizando las ocho sillas del salón cuando sintió el portazo. Al voltearse, vio a su jefa, estaba recostada contra la puerta, inmóvil, y trataba de contener su rabia. Prefirió no decirle nada y continuar con la disposición de las sillas, las cuales estaban colocadas de tal forma que era obvia la frontera entre los dos grupos de cuatro sillas cada uno con la mesa de por medio. Rosa observó hacia ambos lados del salón y comprobó que los espejos rectangulares que ofrecían visibilidad a los respectivos salones contiguos estaban cubiertos por sus cortinas. Un soldado entró por la puerta opuesta al salón de espera cargando una bandeja con ocho botellas de agua y vasos, todos de cristal. La colocó en el centro de la mesa y se marchó por el mismo lugar.

—¿Apagaste audio y video? —preguntó la mujer.

—Apagado todo y desconectado de la electricidad. No me esperaba este...

—No le hagas caso —lo interrumpió Rosa para evitar hablar del tema.

Rosa sintió un leve empuje en la puerta sobre la cual se recostaba. Se separó y la abrió para darle paso a Miguel, quien pudo percatarse de su estado de ánimo, pero no se aventuró a preguntar el porqué.

—Ya llegaron Vasily y su comitiva —dijo, mientras se acercaba a la mesa y tomaba el último asiento del lado derecho.

Tanto Rosa como Tino lo imitaron. Ella ocupó el primer asiento y Tino el situado inmediatamente después. La puerta frente a ellos se abrió, pero nadie cruzó el umbral por un par de segundos; apareció una esbelta joven de piel muy blanca, cabellera rubia y de unos treinta y tantos años. La joven, sonriente, hizo un breve saludo con la mano, y fue directo a la mesa. Se sentó frente a Tino, quien no tuvo otra opción que admirar su belleza al tenerla tan cerca. Rosa se puso de pie para esperar a Vasily y el ruido de la silla al correrla hacia atrás interrumpió el cruce de miradas. Miguel también se levantó seguido por Tino. Vasily apareció en la puerta y buscó inmediatamente a Rosa con la vista. Sus cabellos blancos y notablemente despeinados hacían perfecta combinación con la guayabera cubana del mismo color. Caminó con decisión hasta ella y la abrazó con cariño, sin mediar palabras. La mujer rompió el abrazo primero para sorpresa de Vasily, quien saludó brevemente con un apretón de manos a Tino y Miguel para luego todos ocupar sus respectivos asientos.

—Sigues siendo la misma Rosa de siempre —dijo Vasily en un español maltratado y con acento cubano—.

Les presento a Irina, me va a servir de traductora hoy.

—¿Viniste solo? —le preguntó ella ignorando a Irina.

LA ENTREGA

—Da —afirmó e Irina comenzó a traducir de manera automática—. Mi equipo está viajando directamente a Washington y yo quise venir antes para verlos —explicó mirando directamente a Tino y Miguel.

—¿Han pasado cuántos, treinta y un años desde la última vez que estuviste en Cuba, no es así? —intervino Rosa convencida de estar en lo cierto.

—Abril de 1989, con la visita de Gorbachov a Cuba.

—Cuando ustedes se llamaban la KGB, ¿ya lo olvidaste?

A Vasily no le molestó el recordatorio a modo de chiste; a fin de cuentas, era verdad.

—Para nada. Ahora, lo que más recuerdo de ese viaje fue la fiesta en tu casa. Aquella despedida fue insuperable. ¿Ustedes saben la historia? —les preguntó Vasily a Tino y Miguel obteniendo una negativa inmediata—. Esa noche estábamos todos felices por el éxito de la visita, pero Boris, el jefe de la KGB, se tomó la fiesta para él y estaba tan borracho que se antojó de hacerse, como fuera, de una pluma de los pavos reales que tenía Rosa en los jardines de la casa. No sé si aún los conserva, pero esas aves eran intocables.

—No, no tenía tiempo para mantenerlos como se merecían y los regalé —dijo Rosa, sonriendo con la anécdota.

—En fin, todos estábamos borrachos, pero nadie como Boris, quien, finalmente, agarró un pavo real tirándose sobre él. Inmediatamente, Rosa sacó su pistola, se la puso sobre la sien y le dijo...

—Si le arrancas una pluma, te vuelo la tapa de los sesos —recordó Rosa con orgullo.

Tino y Miguel se divertían con la historia, convencidos de que su jefa era muy capaz de lo que contaba Vasily.

—¿Se imaginan ustedes decirle tal cosa al jefe de la KGB? Aquello no terminó en una balacera gracias al Decano, el borracho más cuerdo de todos nosotros, que paró toda aquella locura y nos llevó a tomar sopa al único lugar en La Habana donde podías comer muy bien y escuchar excelente música al mismo tiempo. Se llamaba La Bodeguita...

—Del Medio —lo interrumpió Rosa—. Sí y todavía se mantiene funcionando, aunque te podrás imaginar que en treinta años han abierto muchos otros restaurantes tan buenos o mejores que ese.

—Ya lo creo, en treinta años se pueden hacer muchas cosas —repuso el ruso con sarcasmo.

Rosa entendió lo que realmente pretendía decir, pero no iba a seguir ese camino y desgastarse en una discusión sobre un tema inútil.

—Muy bien, ¿en qué podemos ayudarte? No creo que hayas venido hasta acá solo para hablar de pavos reales y restaurantes —preguntó sin rodeos.

—Ayudarnos, para ser más exactos —replicó Vasily sin efecto alguno sobre Rosa—. Hemos obtenido confirmación de que existe un video comprometedor del actual presidente de los Estados Unidos —Vasily se inclinó y apoyó los codos sobre la mesa mientras los demás se mantenían inmóviles—. Tenemos que hacernos de ese material de la forma que sea. Para Rusia —miró de forma intimidante a Rosa cuando decía esto—, y por ende, para Cuba, es indispensable mantener el estado actual de las relaciones con los Estados Unidos por lo que resta de este período presidencial y el siguiente si es posible.

No esperaba una reacción inmediata a su pedido, no solo por lo inusual de este, sino porque conocía lo suficiente a Rosa como para saber que tal imposición no era bienvenida. Ella sonreía levemente mientras Tino y Miguel se mantenían serios, sin decir palabra alguna.

—Yo creo que tu pedido llega con cuatro años de atraso, Vasily —le dijo impávida—. Si fuera la administración anterior, con la cual teníamos contacto semanalmente, es posible que un material de tales características nos hubiera caído en las manos —Rosa miró a sus subordinados e inmediatamente regresó la vista hacia Vasily—. Hoy en día, apenas nos sentamos a la misma mesa y, cuando lo hacemos, es para hablar de los dichosos ataques acústicos a la embajada americana aquí

LA ENTREGA

en La Habana la mayor parte del tiempo. En un mundo ideal, ojalá y lo tuviéramos, pero no es el caso. Este presidente americano podrá ser el perfecto socio ruso, pero con toda seguridad, no es el cubano y tú lo sabes muy bien.

—Precisamente de eso se trata, Rosa. Si obtenemos ese material, tanto Rusia como Cuba podrán salir beneficiadas.

—Pero con Rusia dictando las pautas —interrumpió Miguel para sorpresa de todos.

Vasily aguardó a que Rosa recriminara a su subordinado, pero ella no cedió y se quedó en silencio.

—Esta no es la crisis de los misiles, muchacho —le dijo entonces a Miguel subestimándolo—. Las decisiones ya no se toman unilateralmente. Nuestros gobiernos acuerdan en conjunto qué pasos tomar por el bien de ambos a partir de la información que les entregamos. Ese es nuestro deber.

La risotada de Rosa paralizó la solemnidad de la reunión. Todos la observaron incrédulos ante su inusual reacción.

—Vasily, honestamente, no sé cómo has podido sobrevivir en este negocio después de tanto tiempo. Es una pena que no estemos grabando esta conversación para que te escuches luego, porque me recordaste mucho al Vasily que conocí en la Siberia, el joven militante comunista listo para sacrificarse por su país —le dijo irónicamente mientras se secaba las lágrimas producto de la risa—. Entonces —Rosa cambió su risa por una actitud muy seria—, ¿de cuál deber estamos hablando? ¿El de obedecer ciegamente lo que venga de Moscú al precio que sea y que ustedes puedan darnos una patada en el culo cuando se les antoje como hicieron en el ochenta y nueve?

Vasily no podía contenerse, su rostro estaba enrojecido. Se puso de pie y comenzó a caminar a lo largo de la mesa sin mirarla. Irina mantenía su sonrisa, aunque estaba pendiente de cada movimiento de Vasily detrás de ella.

—Sabemos que se pretende hacer llegar ese material a Cuba —dijo entonces, pensando cuidadosamente cada palabra que decía.

—Ah, ¿y por eso te has tomado el trabajo de venir hasta acá? —sentenció Rosa satisfecha.

Vasily asintió y regresó hasta su silla. Agarró una botella de agua y se la bebió completa. Irina tomó otra botella junto con un vaso y lo llenó hasta la mitad para beber un pequeño sorbo.

—No sé qué te hace pensar que estamos involucrados en tal operación, pero, en cualquier caso, Vasily, ya te di mi respuesta —concluyó en tono desafiante.

La aparente ingenuidad de Rosa provocó una sonrisa casi infantil en Vasily.

—De acuerdo —respondió—. ¿Podemos asumir entonces que si el material "cayera en tus manos" —hizo el gesto de entrecomillar con ambas manos—, como dices, lo compartirás con nosotros?

—Primero debo consultarlo con mi gobierno —respondió Rosa de manera escueta.

El rostro del ruso perdió la tensión. Su alivio al escuchar la respuesta fue inevitable, a pesar de que trató de ocultarlo de la mirada escrutiñadora de Rosa.

—No faltaba más.

—¿Tienen alguna idea de qué contiene el video? —preguntó Tino inesperadamente y de forma cordial—. Es decir, estamos hablando de algo inmoral, por ejemplo. Como este presidente americano es tan sui géneris.

—Hasta donde conocemos no se trata de nada de esa índole —le explicó solícito—. Aunque coincido contigo, tratándose de tal personaje, cualquier cosa es posible.

Tino movió levemente la cabeza en señal de agradecimiento y el otro reciprocó su cortesía. Rosa se puso de pie dando por terminada la reunión y se acercó a su viejo amigo, quien también se levantó al verla aproximarse. Los demás hicieron lo mismo, pero caminaron en dirección a sus respectivas puertas de salida.

—Gracias por hacernos la visita, no sabes cuánto te lo agradezco —Rosa abrazó a Vasily, quien no estaba muy seguro del verdadero significado de esa despedida—. Vamos, te invito a La Bodeguita a almorzar para recordar viejos tiempos.

—Ojalá pudiera, pero sigo hacia Washington tan pronto salga de aquí.

—Será en la próxima ocasión entonces —comenzó a caminar hacia su salida y Vasily en dirección a la suya. Miguel ya se había marchado y Tino la esperaba en el umbral de la puerta—. Vasily —lo llamó de pronto, volteándose e interrumpiendo la partida de ambos—, mucha suerte en Washington —sonrió con picardía y se marchó seguida por Tino.

Vasily no dio un paso, tenía fija en la mente la sonrisa de Rosa al despedirse y lo que para él parecía una burla de su parte.

—Vámonos. Estoy seguro de que ni siquiera conocía de la existencia del video. No lo tiene, al menos por el momento. Ahora que ya está sobre aviso, debemos apurarnos —afirmó Vasily con seguridad, marchándose a toda prisa con Irina.

Rosa salió primero al patio lateral del búnker y se detuvo a esperar a Tino y Miguel. Estaba molesta y era innegable; sus mandíbulas estaban contraídas y las manos dentro de los bolsillos de su pantalón no eran un buen augurio para sus subordinados, quienes conversaban mientras trataban de demorar su llegada a donde estaba Rosa. Uno de los custodios del lugar, vestido de civil, interrumpió su recorrido habitual al observarlos aproximarse a la jefa y quedarse todos quietos a medio recorrido.

—Era obvio que esta reunión con Vasily no iba a ser agradable, pero nunca me hubiera imaginado que se trataría de algo tan grave —dijo en voz muy baja, pero firme, mientras intercambiaba miradas con ambos—. ¿Alguno de ustedes tiene alguna explicación que darme antes de que me llamen nuestros capaces políticos?

—Yo no —negó Miguel.

—Está de más decirte que no —dijo Tino—. Pero en algo sí tengo que estar de acuerdo con Vasily —su afirmación no podía haber sido más inoportuna ante el evidente enfado de Rosa y Miguel—. Tenemos que conseguir ese video como sea —Tino fijó su vista en Rosa—. Ya después tomaremos la mejor decisión para Cuba —concluyó y aguardó la respuesta a su recomendación.

—Vasily es un zorro viejo. Está convencido de que alguien quiere entregarnos ese video y no tengo dudas de que sea cierto. Piensen esta tarde cómo lo haremos —ordenó Rosa—. Mañana nos vemos a primera hora en mi oficina para discutir las estrategias.

Los tres continuaron su camino hacia la salida del patio lateral sin decir otra palabra.

Capítulo V
Amigos

El campo de tiro estaba desierto. Atardecía y el limpio verde del césped que ocupaba el espacio entre los blancos y las posiciones de tiro contrastaba con el azul del mar de fondo. Una estrecha y rectangular estructura de hierro con techo de zinc servía de base a los tiradores. Tino y Miguel miraban a través de las mirillas de los fusiles AS Val para calibrarlos. Junto a ellos, en el piso, estaban las cajas metálicas de los fusiles y entre ambos, había una mesa rústica de madera con un par de sillas del mismo estilo. Sobre la mesa, descansaba una cubeta con hielo y botellas de cerveza heladas. Encima de una silla, yacía la mochila de Tino.

—Estoy listo —dijo Miguel adaptando su cuerpo estirado sobre el piso para buscar la posición más cómoda—. Voy por el récord del Decano. ¿Eran cuatro o seis disparos de cien puntos?

—¡Ni en tus mejores sueños, Miguel! —se burló Tino—. El récord del Decano son diez disparos seguidos de cien puntos en treinta segundos —enumeró.

—Tú siempre defendiéndolo. Déjame ser feliz por un día, brother —protestó el otro desde el piso.

Tino hizo el primer disparo. El sonido de la bala fue limpio, solamente interrumpido por el choque contra el blanco metálico al otro lado del foso. Revisó la puntuación del disparo a través de la mirilla.

—No está mal, ochenta para ser el primero —le dijo su amigo en tono condescendiente.

Miguel inhaló, observó a través de la mirilla, apretó el gatillo y exhaló brevemente. Chequeó el disparo.

—¡Sufre, muchacho! ¡En el mismo centro, cien puntos! Anota el primero —celebró con orgullo.

Tino removió la mirilla de su fusil, dejó este sobre el piso y se puso de pie. Colocó la Glock que tenía a la derecha de la cintura sobre la mesa, junto a la cubeta de hielo, y puso la mirilla a la altura de sus ojos. Buscó el blanco y confirmó la puntuación que este le había dicho.

—Muy bien. Te quedan nueve más en veinte segundos. Cuando quieras.

Miguel aceptó el reto, volvió a acomodarse en su sitio mientras su compañero concentraba toda su atención en el blanco. Un disparo siguió al otro con poco tiempo entre sí. Tino sonreía pícaramente y en silencio después que cada bala golpeaba en el blanco. Luego del noveno disparo, bajó la mirilla y se quedó mirando a Miguel, quien echó a un lado el fusil, se puso de pie molesto, fue directo a la cubeta y agarró una botella de cerveza. Tino lo imitó.

—Te lo dije. El récord del Decano es imbatible. No sé cómo carajos lo hizo, pero ya tiene veinte años y nada, todavía está ahí —recalcó con sorna.

—Igual y es una leyenda, como muchas de sus historias —se justificó Miguel al tiempo que se sentaba, arrancó la chapa de la botella con el abridor que colgaba de la cubeta, y se bebió la cerveza completa de un tirón.

Sosteniendo la cerveza en su mano izquierda, Tino puso la mochila en el piso y volteó la otra silla de forma tal que su respaldo quedaba frente a Miguel.

—¿Y ese mal humor? —le preguntó, un poco sorprendido por su reacción, pero sin darle mayor importancia. —Voy a renunciar —respondió Miguel sin vacilar—. Tan pronto nos hagamos de ese cabrón video, me voy.

Tino ocultó su inmediata reacción, la sorpresa. Necesitaba procesar la decisión de Miguel antes de responderle. No la entendía y le parecía más un arranque emotivo que otra cosa.

—¿Rosa ya lo sabe? —fue lo primero que se le ocurrió preguntar.

—Claro que no. Iba a esperar a que llegaras de tus vacaciones para decírselo, pero visto todo lo que ha sucedido, voy a adelantar los planes. Cuando nos veamos mañana, le diré. Por cierto, necesito tu apoyo en Canadá —le pidió—. ¿Podrás?

—Sí, claro. ¿Cuándo? —preguntó Tino dispuesto a ayudarlo.

—Me voy a ir mañana por la tarde.

—Dame hasta el fin de semana. Quiero hacer un par de movimientos también a ver quién saca la cabeza primero —dijo con doble intención.

—No hay problema —estuvo de acuerdo su compañero mientras se ponía de pie para agarrar otra cerveza. Le quitó la chapa, la tiró dentro de la cubeta y bebió un corto sorbo—. ¿Qué sabes de Claudia y los niños? Me imagino que andan por Barcelona con la familia de Claudia.

Tino alzó la mirada para observar a Miguel. El resplandor del sol de la tarde era molesto y lo deslumbraba un poco así que se puso la mano en la frente para taparlo y tener mejor visibilidad.

—Sí, los dejé allí; aunque seguro que ya no están en la ciudad y se fueron para otro lugar aprovechando que están todos juntos —respondió evasivo.

Miguel sonrió.

—Qué suerte la tuya, mi hermano, quién le iba a decir a aquel flaquito del barrio de Buena Vista que solo tenía dos pantalones y un par de zapatos en la universidad que se iba a casar con la heredera de los Sureda en Cuba. Tino, compadre, disculpa mi indiscreción, nos conocemos hace años, pero ¿sabes cuánta plata heredó Claudia?

Se puso serio, aunque no estaba enojado por la pregunta. Se paró y ambos quedaron frente a frente.

—No lo sé, Miguel. Yo nací con tan poco que a mí todo me parece mucho. Yo sé que para ti eso suena ridículo porque siempre has vivido muy bien.

—Gracias a mi papá, que lo único que hizo toda su vida fue trabajar como un perro por este país, porque yo ni a la casa le puedo sacar un peso: dicen que es propiedad del estado. Entonces, ¿todo su sacrificio de qué sirvió? —replicó molesto—. Llegó un nuevo gobierno después de cincuenta años y no se plegó con ellos porque se dio cuenta del engaño que se traían entre manos. A cambio, le dieron dos patadas por el culo. Allí se murió, solo y nostálgico por un país que le volvió la espalda. Por eso también voy a renunciar, porque yo no voy a terminar igual que él. Este gobierno no me va a joder.

—¿Y qué piensas hacer entonces cuando te retires? —lo cuestionó francamente preocupado—. No hay muchos lugares donde puedas obtener un salario y los privilegios que ambos tenemos.

—Fletar barcos —respondió Miguel.

Tino soltó una carcajada, seguida inmediatamente por otra de Miguel.

—Coño, mi socio, me recordaste nuestros tiempos en la Universidad, ¡qué manera de joder! —comentó Tino nostálgico—. No, en serio, ¿fletar barcos?

—Seguro que recuerdas a Lucía Callejas, de la universidad.

—Cómo no, vecinita tuya de Nuevo Vedado, otra niñita malcriada como todos ustedes, hijitos de papá — apuntó burlón.

—Esa misma —confirmó Miguel sin hacerle mucho caso—. Pues me la encontré en Montreal cuando iba para el club de strippers. Su padre sí le dio su "bendición" —dijo, haciendo un gesto de entrecomillar con las manos—, al nuevo gobierno, pero no gratis. Exigió que su hija se uniera a alguna compañía internacional donde hiciera plata, mucha plata. La Lucía es ahora mismo copropietaria de CUFLET y radica en Montreal, lejos de toda esta mierda.

Tino no parecía muy convencido del cambio de profesión de su compañero. Para él, la historia no estaba completa, presagiaba que le faltaban detalles que aún no sabía.

—Como tú mismo dices, nos conocemos hace años, Miguel, por eso te digo que no lo veo. No me imagino verte sentado detrás de un buró obedeciéndole órdenes a Lucía.

Miguel río con maldad al escuchar el comentario.

—Es que la explicación te la di al revés. Esa noche que me encontré con Lucía terminamos durmiendo juntos. La idea de irme a Montreal nació después.

—Tú ves, ahora sí te creo que te vas a fletar barcos —dijo Tino con seguridad y una sonrisa cómplice—. Tenías que haber empezado por ahí. Ustedes son tal para cual. Felicidades, mi socio.

—Gracias, compadre. ¡Qué cosas tiene la vida!, ¿eh? Uno termina su ciclo de hombre casado —dijo señalándolo y luego giró el dedo hacia sí mismo para completar la reflexión—, y otro lo comienza. Si necesitas un lugar donde vivir mientras deciden qué hacer con el penthouse, te puedes quedar en mi casa.

—No, no te preocupes, no va a hacer falta. Claudia se va a quedar a vivir con los niños en España.

El comentario de Tino tomó a Miguel por sorpresa.

—¿En serio? —preguntó Miguel desconfiado—. ¿Pero se quedarán en Barcelona?

Tino no deseaba responder la pregunta porque, cuando recordaba a su familia, olvidaba por momentos qué lo obligaba a alejarse de ellos.

—Tú no vas a poder soportar esa distancia, mi hermano, más el tiempo que vas a estar sin compartir con ellos —Miguel permaneció pensativo por un par de segundos—. ¿Por qué no aprovechas y renuncias también? Consigamos ese video y marchémonos como héroes. Después que lo tengamos en nuestro poder, a nadie le va a importar lo que hagamos —terminó, entusiasmado con su plan.

—Si todos nos marchamos de Cuba, este país nunca va a salir del hueco, Miguel —lo sermoneó, convencido de sus palabras.

—Tino, esto no tiene solución y tú lo sabes muy bien. Han eliminado uno por uno a los de la vieja guardia que no han comulgado con sus decisiones. Ahí tienes a mi padre.

—En eso estamos de acuerdo, pero ¿por eso les vamos a entregar el país? Yo no puedo renunciar tan fácil a lo que tanto esfuerzo me ha costado, porque a mí sí nadie me ha regalado lo que he logrado.

Miguel se sintió aludido, pero no le objetó el comentario, pues sabía que tenía la razón.

—Y bueno que eres haciendo esto, cabrón —le dijo con admiración.

—Yo no sé hacer otra cosa y tampoco quiero hacer otra cosa —reconoció Tino mirando el fusil que yacía en el piso—. Si renuncio, la única opción que me queda es irme a España, donde voy a tener que depender de la familia de Claudia y yo no sirvo para eso. La lotería no me la voy a ganar, así que tengo que seguir trabajando. Ya me las ingeniaré para estar con mis hijos, no te preocupes.

Miguel se convenció de la decisión de Tino.

—Después de todo, el divorcio te conviene.

—¿Por qué? —preguntó Tino un poco inquieto.

—Hombre, porque si sigues trabajando para esta gente tienes un problema menos del que ocuparte estando ellos fuera de Cuba.

Asintió. Ambos chocaron sus botellas como un brindis. La tarde estaba cerrándose y el sol ya se había perdido en el horizonte. Cada uno recogió del piso sus respectivos fusiles y los empacaron en los estuches. Tino dejó el suyo sobre la mesa y recogió los casquillos expulsados por los fusiles durante la práctica.

—¿Te los llevas? —le preguntó a Miguel extendiéndole los casquillos, a lo que el otro asintió agarrándolos— . ¿Te importa acercarme hasta mi casa y dejar mi fusil en la oficina? Estoy cansado, ha sido un día larguísimo para mí.

—Claro, chico.

LA ENTREGA

Revisaron sus alrededores para estar seguros de que no dejaban nada en el lugar. Tino colocó la Glock dentro de la mochila, la tiró sobre su espalda y se colgó la cubeta en el antebrazo mientras Miguel cargaba los estuches metálicos de los fusiles camino a la salida del campo de tiro.

Un Hyundai Santa Fe se detuvo en la esquina Obispo, frente al restaurante el Floridita. El fornido y elegante portero del lugar, acostumbrado a mover el tráfico frente al restaurante para facilitar el acceso a los clientes, observó el auto, pero no podía ver nada en su interior. Los oscuros cristales del vehículo y la noche cerrada no se lo permitían. La puerta frontal del pasajero se abrió y Tino descendió en un rápido movimiento. El carro se marchó a toda velocidad sin respetar el paso peatonal y provocando la ira de muchos transeúntes. Tino se enganchó la mochila en la espalda, saludó al portero y comenzó a caminar rumbo este, en dirección a La Habana Vieja, a través del aglomerado boulevard de Obispo.

Eran las ocho de la noche y el boulevard no cedía en su bullicio. Los turistas comenzaban el descenso hacia el centro de La Habana Vieja o su ascenso hacia el Floridita, según los intereses nocturnos de cada cual. Los locales disfrutaban igual, pero seguramente con menos recursos en los bolsillos. Algo sí tenían turistas y locales en común: que todos estaban siendo monitoreados por obvios circuitos cerrados y policías, muchos policías. Tino avanzaba sin apuro, al contrario, disfrutaba ese intercambio casi carnal, informal y espontáneo con peatones igual que él.

Alcanzó la esquina de Aguiar y Obispo. Podía ver el penthouse donde residía desde allí, pero había percibido que lo estaban vigilando tan pronto comenzó a caminar por el boulevard. Decidió no ir a casa por el momento. Siguió su camino a través de Obispo hasta llegar al hotel Ambos Mundos. Entró al lobby, se dirigió directamente al pesado y enrejado elevador, y decidió no esperar por el ascensorista. Cerró la puerta tras de sí, pulsó el último número en el panel y el pesado equipo inició el ascenso. El elevador se detuvo en el piso más alto, se abrió la puertezuela de hierro y Tino entró a un corto pasillo cuya salida conducía a la azotea; allí fue recibido por el guardia nocturno del lugar con un fuerte apretón de manos.

—Kike, ¿qué se cuenta? —le preguntó con total confianza.

—Todo igual, Tino. ¿Quieres tu mesa o vas a sentarte en la barra? Todavía es temprano y puedes darte el lujo de escoger.

—No, me voy a mi mesa —le contestó mientras exploraba el desierto lugar—. ¿Tienes el iPad?

—Sí —Kike caminó hacia la barra—. Te lo llevo a la mesa.

Le agradeció y fue hasta la misma esquina de la azotea sobre la calle Obispo y Mercaderes. Desde ahí, la vista de la Habana Vieja era espectacular gracias a la correcta mezcla de las naranjas luces nocturnas, el mar y las edificaciones coloniales. Inhaló profundamente y se sentó mirando hacia la única puerta de acceso a la azotea.

Puso a su derecha, sobre la otra silla, pero recostada contra su muslo, la mochila y abrió la cremallera del primer bolsillo; vio que Kike se aproximaba con el iPad en la mano y un trago.

—Aquí tienes —el guardia colocó sobre la mesa el iPad y un Cubalibre.

—Gracias, Kike —respondió y tomó un breve sorbo del trago mientras iniciaba una sesión del iPad e iba directamente a la aplicación bajo el nombre "Circuito Cerrado".

El guardia se percató del detalle y miró hacia la puerta.

—Tino, ¿te ayudo en algo?

—Tranquilo. A nadie se le va a ocurrir meterse en una bronca conmigo aquí si estás tú presente. Basta mirarte para cogerte miedo —levantó la cabeza para admirar la estatura de seis pies y la perfecta forma física de Kike—. Créeme que, cuando llegue ese momento, y ojalá que no suceda, a quien primero voy a llamar es a ti —regresó la vista al iPad y empezó a revisar las cámaras exteriores del circuito cerrado del hotel.

Kike comprendió que no necesitaba de su presencia y regresó a su puesto estratégico junto a la puerta de entrada, pero ahora mucho más alerta que antes a pesar de lo que había dicho Tino.

Las cámaras del circuito cerrado no mostraban ningún rostro que pudiera reconocer. Tino se centraba fundamentalmente en las puertas de acceso al hotel por las calles Obispo y Mercaderes. Bebía su Cubalibre sin quitarle la vista a la pantalla de iPad.

—¿Me puedo sentar?

Tino reconoció la voz enseguida. Alzó la mirada. Irina le sonrió con picardía. Se acomodó la minifalda que apenas cubría sus largas y blancas piernas sostenidas por un par de tacones muy finos de un intenso color negro. En su mano derecha, traía una rectangular y estrecha cartera cubierta de piedras preciosas. Tino vaciló haciendo esperar a Irina, disimulaba muy bien su molestia al sentirse descubierto. Se puso de pie.

—Claro —dijo y extendió su brazo para mostrarle la silla frente a él.

Irina corrió la silla y se sentó. Tino le hizo un gesto al camarero, y Kike acudió en su lugar y a toda prisa.

—Mi hermano, para esto me puedes llamar cuando quieras —dijo, sin quitarle la vista al brevísimo escote de Irina, que enseñaba sus pechos casi completamente.

—Ron Siete Años con hielo, por favor —coqueteó con el guardia mientras dejaba la cartera sobre la mesa.

Este se marchó sonriendo y Tino disfrutaba con su atrevimiento. Irina se volvió a mirarlo. Él apagó el iPad y lo puso a un lado.

—¿Qué serie estás viendo? —le preguntó la muchacha dirigiendo su vista al iPad.

Kike interrumpió brevemente la conversación entre ambos dejando el trago frente a Irina junto con un pequeño plato de aceitunas para picar. Dio la vuelta y se alejó sin decir palabra alguna.

—Trotsky —respondió provocativo—. Increíble lo que se aprende sobre la historia después de tanto tiempo, ¿verdad?

—Totalmente de acuerdo —Irina olió la bebida como una auténtica conocedora del ron cubano y bebió un trago—. A mí me hubiera encantado conocer a alguien tan atrevido como Trotsky. A ustedes les pasará lo mismo, ya verás cómo dentro de diez años, se sabrán las historias de los Trotsky, los Lenin y los Stalin cubanos.

—¿Tan pronto? —la desafió, estaba seguro de que no se resistiría a responderle y así lo entendió ella, que le sonrió con malicia.

—Me atrevería a decir que en menos —dijo al descuido, mirando hacia la ciudad y apartando la vista de Tino—, si tomamos las predicciones de Vasily como las correctas.

Se quedó pensativo, esperó a que Irina finalizara de admirar la ciudad y buscó alguna otra reacción de su parte.

—Yo pensaba que te marchabas con él hoy —intentó sonsacarla.

—Debí haberlo hecho, pero le pedí un par de días para descansar.

—Qué jefe más comprensivo —dijo con sarcasmo.

—No creas. No lo hace por mí, sino por mi padre.

Tino hizo un breve silencio.

—Irina, ¿dónde aprendiste español? O, mejor dicho, ¿dónde aprendiste cubano? —preguntó, cambiando el tema de conversación intencionalmente.

—Aquí mismo, en Artes y Letras. Me gradué en el 2004.

Tino se sintió genuinamente sorprendido.

—¿Sí? Qué raro que nunca coincidimos porque no somos muchos los graduados de esa época.

—Sí, coincidimos muchas veces.

Tino se sorprendió. No lograba ubicarla en su época de estudiante.

—Quizá me confundes con otra persona, no es la primera vez que me sucede.

—Imposible olvidarme del campeón universitario de triatlón de la Universidad de La Habana.

La noticia fue casi una bofetada para Tino.

—Entrenamos juntos, bueno, no solos tú y yo, obviamente —dijo coqueteando—, sino con el resto del grupo de atletismo, que era lo que yo practicaba. Lo que pasa es que en aquella época solo tenías ojos para tu novia. ¿Cómo se llamaba? ¿Laura? —preguntó, fingiendo adivinar.

Tino no respondió, no tenía dudas de que Irina sabía perfectamente el nombre.

—No, ahora recuerdo, Claudia —dijo con seguridad Irina.

—Y todavía lo es, bueno, lo era. Nos estamos divorciando.

Ahora era Irina la sorprendida con la noticia.

—¿De veras? ¡Qué coincidencia! Yo también.

—¿Cuándo regresas a Moscú? —preguntó Tino para dar por terminado el tema familiar.

—No sé aún, no tengo apuro, a menos que quieras venir conmigo. Puedo hablar con mi padre y nos manda un avión privado a recogernos mañana mismo.

—Poderoso tu padre, ¿no? Supongo que viviste aquí porque estabas con él.

—Así es —Irina bebió el resto del trago, giró medio cuerpo y le señaló a Kike el vaso vacío e inmediatamente retornó a su posición anterior—. Vivimos ocho años en La Habana. Me encanta esta ciudad. Siempre me ha parecido que tiene algo especial, único.

—No eres la única persona que siente lo mismo.

—Pero ahora mismo es como una abuelita enferma. Necesita ayuda. ¿No te parece?

—Totalmente de acuerdo —respondió convencido Tino.

Kike llegó con el trago de ron de Irina, pero no dijo palabra alguna.

—Dice mi padre, que es un viejo zorro, que la generación que gobierna ahora Cuba es similar a la que ellos llamaron los tontos útiles.

Tino hizo silencio.

—¿Estás de acuerdo? —preguntó inquisitiva.

—Puedo ver por qué tu padre haría tal comparación —hizo una breve pausa—, pero no estoy de acuerdo. Estos de tontos no tienen un pelo, aunque brutos sí son, cortos de visión. Se han vendido como ovejas, por eso han llegado hasta el gobierno y, poco a poco, han hecho limpieza para quitarse de arriba a quienes les han empezado a cuestionar el cambio que tanto vendieron —Irina lo miraba fijamente, analizando cada palabra que decía—. Lo que sí han mantenido de sus promesas son las consignas de siempre: "Abajo el bloqueo", "Somos continuidad" —dijo en voz baja, burlándose y con la complicidad de Irina, que sonreía—. Pero la realidad es que los planes... pues ¡a la mierda!, junto con el pueblo, que siempre paga las consecuencias. Estos tipos no se ven en el poder solo de paso, tienen el síndrome de Venezuela: aquí llegamos y aquí nos quedamos, eternamente si nos dejan, y para ello son capaces de venderle su alma al mismísimo diablo —terminó diciendo con una mirada incriminatoria a Irina.

A ella no le importó la insinuación. Prestaba total atención a Tino y entendía que su punto de vista era el correcto.

—Si tan malos te parecen, ¿por qué los proteges entonces?

—¿Y quién te dijo que yo los protejo a ellos? —respondió con total calma—. Yo protejo a Cuba, al cubano de a pie que no tiene ni puta idea de cómo funciona el mundo, pero que igual necesita una mano. Al menos puedo ofrecerles eso. De todas formas, estoy convencido de que este gobierno no va a durar mucho más.

—Si alguien te escucha diciendo eso, te puedes meter en serios problemas —comentó Irina en un tono medio amenazante.

—¿Quién les va a decir? ¿Tú? —preguntó Tino desafiante.

—Niet. Eso no es mi maletín, como dicen ustedes los cubanos. Mi padre y tú se llevarían muy bien —afirmó Irina.

—Estoy seguro.

Irina levantó el vaso y estiró el brazo a modo de brindis. Tino fue recíproco y ambos bebieron sin interrumpir la mirada entre sí.

—¿Tienes una foto de tu padre? —preguntó Tino casi dudando.

—¿Intercambiamos fotos? —respondió Irina—. Yo te enseño una de mi padre y tú una de Claudia.

El desafío de Tino resultó un error, pero ya no podía echarse atrás. Buscó su billetera en el bolsillo trasero del pantalón. La abrió y le mostró la única foto que había en el fino estuche plástico que dividía ambos lados de la billetera. Era una foto vieja y descolorida por el tiempo, y apenas se distinguían los rostros en lo que parecía una ceremonia nupcial. Irina la inspeccionó con frustración. Abrió la pequeña cartera que llevaba consigo y buscó en su celular. Descartó varias opciones de fotos hasta detenerse en una en particular. Volteó el teléfono y se la enseñó a Tino, quien no pudo evitar contraerse al verla. Aparecía Irina en el centro, a su derecha estaba el presidente de Rusia y a su izquierda, quien asumía era su padre.

—Son amigos desde la academia de la KGB. Cuando lo eligieron presidente por segunda vez, le pidió a mi padre que lo ayudara con los asuntos, digamos, más indeseados de su cargo —dijo Irina, devolviendo el celular a la cartera.

—Comprendo. ¿Por qué haces esto entonces? Estoy seguro de que no te hace falta exponerte de esta forma.

—Lo hago por los secretos. Toda mi vida solo escuché en casa susurros, conspiraciones, secretos —dijo Irina disfrutando sus palabras.

—Pero cualquiera puede tener secretos, para eso no hace falta este trabajo nuestro.

—Cierto, pero cualquiera no puede tener "nuestros", secretos —enfatizó Irina.

Tino bebió un poco de su Cubalibre. Pensaba si sería capaz de actuar igual que ella.

—Por lo menos eres afortunada de tener la posibilidad de elegir.

—Igual la podrías tener tú —dijo Irina con seriedad—. No hay nada en este mundo que no puedas tener si nos entregas el video. Lo que quieras —insistió casi con lujuria.

La oferta de Irina le había tomado más tiempo del que Tino había calculado inicialmente.

—Yo no tengo ese video —respondió confiado de su respuesta.

—Y lo sabemos —le afirmó de forma condescendiente, sin creerle—. Pero no tengo dudas de que podrás obtenerlo muy pronto. Quienquiera que sea que trabaje para ustedes en Washington tiene el video en su poder, de eso no tenemos duda. Te digo más, te aseguro que nadie va a tocar a tu agente y podrás seguir utilizándolo dentro del gobierno americano. Digo, si no te retiras con toda la plata que te vamos a pagar.

—¿De cuánto estamos hablando? —preguntó Tino con aparente ingenuidad.

—Dame una cifra.

—Veinte millones de dólares.

—Hecho.

Tino sonrió con suspicacia.

—No estoy muy seguro de que tengas ese poder.

Irina buscó el celular en la cartera y comenzó a marcar números ante la mirada de Tino.

—Babushka —dijo Irina.

Tino le agarró la mano a Irina indicándole que colgara. Irina aceptó e interrumpió la comunicación.

—Si me hiciera con el video, ¿cómo te localizo? ¿cómo me haces llegar el dinero?

—Estoy segura de que tienes alguna cuenta en Andorra para tus operaciones —dijo Irina, confirmando lo que decía mientras Tino asentía—. Tan pronto tengas el video en tu poder, me llamas —afirmó, volteando el celular para mostrarle su número de teléfono—, y te enviamos la mitad. Memorízalo. La entrega la organizamos en ese momento, igual que la segunda parte del pago.

La felicidad de Irina era evidente, por mucho que tratara de disimularla, mientras que Tino permanecía quieto, en silencio.

—Ok, de acuerdo. Hagámoslo.

—¡Bravo! —exclamó Irina, molestando al resto de los clientes que ya habían ocupado una parte del bar—.

La fortuna que heredó Claudia es un chiste comparada con lo que vas a cobrar.

No esperaba Tino que Irina tocara ese tema, pero era justo lo que necesitaba para concluir su plan.

—Para eso mismo quiero el dinero. Claudia podrá mantener su estatus con mi dinero, no con el de su familia.

Podremos irnos a vivir a cualquier parte del mundo sin depender de ellos.

—Así se hace. Como buen macho cubano —dijo burlándose.

Irina se puso de pie, ingirió el último sorbo de su trago.

—Toca celebrar, ¿nos vamos a bailar? ¿Qué pensabas, que yo era una bola aburrida? A mí me encanta Chocolate y sus canciones, especialmente "Bajanda" —afirmó de forma lasciva.

—Lo de bola te toca por ser rusa, sabes que nosotros los cubanos le ponemos apodos a todo el mundo, pero de aburrida estoy seguro de que no tienes "absolutamente nada" —enfatizó las dos últimas palabras—. Mejor dejémoslo para cuando nos volvamos a ver.

—Muy bien —dijo Irina molesta por el rechazo, pero sin demostrarlo mucho.

Se despidió con un gesto casi despectivo y se volteó para buscar la puerta moviendo sus caderas de forma exagerada y tarareando "Bajanda". Llegó hasta donde estaba Kike, quien la observaba detenidamente. Lo besó en la mejilla y siguió en dirección al pasillo que conducía al elevador. El guardia buscó a su amigo con la mirada, ansioso por intercambiar con él, pero Tino, con rostro satisfecho, ya estaba concentrado de vuelta en el iPad, revisando las cámaras de seguridad de los accesos al hotel.

Capítulo VI
Rosa

El Seat avanzaba lentamente por el centro de la ciudad de Ourense. La constante lluvia no impedía que las oficinas se vaciaran a la hora del almuerzo y los restaurantes y bares se repletarán al máximo durante al menos hora y media. El Decano exploraba constantemente los alrededores del auto a través de sus dos retrovisores exteriores y desde el que estaba en su interior. Apretaba el timón con fuerza para luchar contra el cansancio.

Las calles adoquinadas de la ciudad producían un ruido monótono bajo el carro, aunque no lo suficientemente fuerte como para despertar a Claudia y los niños, que dormitaban recostados unos contra otros en el incómodo asiento trasero del auto. Estaba regresando por la misma ruta, en el centro de Ourense, que había recorrido un rato antes. Los empleados ya iban de regreso a sus respectivos puestos de trabajo y los pasos peatonales entorpecían la fluidez del tránsito vehicular. La interrupción le permitía chequear cuidadosamente sus alrededores. Relajó las manos sobre el volante, estaba convencido de que nadie los perseguía. Aprovechó un espacio libre en el paso peatonal para acelerar y dirigirse hacia la salida del centro de la ciudad.

Rosa, sentada tras su buró en la oficina, leía con atención un papel. Miguel, de pie frente al escritorio, esperaba pacientemente por ella.

—¿Puedo pasar? —preguntó Tino desde el umbral de la puerta.

Al no recibir respuesta, entró y se detuvo junto a Miguel. Le dio una palmada en la espalda a modo de saludo.

—¿Por qué no respondes el teléfono, Tino? —reclamó la jefa molesta al tiempo que levantaba la vista para mirarlo—. Te voy a decir lo mismo que le dije a Miguel. Yo creo en las casualidades, pero no en las coincidencias. Es la segunda vez en una semana que me toman por comemierda. Primero Vasily y ahora esto —volteó un papel con el sello del FBI seguido por un breve párrafo.

Tino agarró el papel, lo leyó detenidamente y se lo devolvió.

—Yo creo que el FBI quiere remediar el daño de Montreal. Yo hubiera hecho lo mismo en su lugar — comentó con absoluta calma.

—Eso mismo le dije yo —lo apoyó Miguel—. Es simplemente una coincidencia fortuita.

La jefa se mantuvo observándolos por unos segundos, con el semblante aún serio y contraído.

—¿Y tu celular, lo dejaste en España o en la azotea de Ambos Mundos? —preguntó.

—No tiene carga, anoche olvidé conectarlo —le contestó Tino manteniendo la compostura y sin ceder a su presión.

—Okey. Voy a aceptar la "fortuita", coincidencia de la reunión que nos han solicitado nuestros amigos del FBI —anunció con ironía y fijando su vista en Miguel—. Tan pronto les dé el visto bueno, despegarán desde Miami, así que nos encontraremos con ellos en una hora aproximadamente. Después de la reunión, nos vemos para revisar los detalles de sus planes. Estoy segura de que tendrán que hacerles algunos cambios cuando terminemos el encuentro con el FBI. Pueden marcharse.

Rosa no esperó a que se marcharan ambos, volvió a concentrarse en sus papeles y empezó a leer la carta otra vez. Tino se volteó y comenzó a caminar hacia la puerta mientras Miguel se quedaba en el sitio. Extrajo un sobre tipo carta del bolsillo trasero de su pantalón.

—Rosa, quería entregarte esto.

—Luego, cuando nos sentemos —le contestó sin mirarlo.

La pendiente de la calle era lo suficientemente elevada como para distinguir que esa era la frontera que separaba la ciudad de Ourense de sus interminables bosques. El Decano parqueó el auto en la cima de la loma, justo detrás del único otro vehículo estacionado en esa calle, y dejó el motor en marcha. Observó a través del retrovisor. Miró a su derecha, al bar que mantenía la puerta abierta, aunque apenas quedaban clientes en su interior. Las mesas colocadas en la acera también estaban desocupadas. Un tupido bosque comenzaba de golpe en la acera opuesta y una farola de luz artificial marcaba el inicio del camino de acceso hacia su interior para los senderistas aficionados en busca de la naturaleza genuina. Fijó su mirada al final de la calle, loma abajo, en la casa separada ligeramente a su derecha de la vegetación silvestre. Un pequeño huerto casero, seguido de un manzanal, se extendían a todo lo ancho de la casa en su parte trasera. Al final del segundo, continuaba la vegetación agreste ininterrumpidamente en todas direcciones. En su patio frontal, un hombre jugaba con un niño de unos cuatro años y un perro labrador color chocolate.

—¿Ya llegamos? —preguntó Claudia, separándose con cuidado de los niños para no despertarlos y buscando la mirada del Decano en el retrovisor.

—Sí —respondió este sin quitarle la vista al hombre y al niño.

—¡Ese es Sergio! —exclamó con alegría, pero sin alzar mucho la voz.

Claudia hizo por abrir la puerta de su lado, pero el seguro no cedía. Agitó la manilla con frustración.

—Espera. Dos minutos más, por favor —le dijo en un tono paternal.

No quería sonar impositivo, pero era inevitable y Claudia sabía que no tenía otra alternativa que obedecerlo. Acomodó a los niños en el asiento y disfrutó de Sergio y su hijo divirtiéndose con su mascota hasta que los seguros de las puertas se elevaron de un golpe. Entonces, abrió la puerta, bajó del auto y caminó de prisa por el medio de la calle en dirección a Sergio, quien, al descubrir su presencia, también corrió hacia ella con evidente desconcierto y sorpresa.

Rosa, Tino y Miguel esperaban de pie y en absoluto silencio en el salón de reuniones del búnker. La puerta frente a ellos se mantenía cerrada, mientras que la salida a sus espaldas permanecía abierta, igual que las cortinas de los espejos situados a cada lado del salón. En el centro de la mesa, una bandeja portaba seis botellas de agua sin usar e igual cantidad de vasos de cristal. Tino se sentó primero y se sirvió un vaso de agua. Los otros dos permanecieron de pie. Un soldado uniformado asomó su cabeza por la puerta situada justo detrás de Rosa, quien se acercó inmediatamente a él. El soldado le susurró algo al oído de forma imperceptible para Tino y Miguel. Al terminar, el soldado se marchó y Rosa cerró la puerta.

—Ya están aquí —dijo Rosa caminando hacia su silla—. Viene Matt, pero sin Ed y con un acompañante especial. Ya verán.

Se sentó entusiasmada mirando a Miguel, quien, sin quitarle la vista, se dirigía hacia su silla para hacer lo mismo.

—Eso sí que es inesperado. Matt y Ed están desde el inicio con la investigación de los ataques sónicos —se preocupó Tino y giró la silla para quedar de frente a ella—. ¿Por qué aceptaste la reunión con esa imposición? Llevamos todos estos años trabajando a Ed y no estábamos lejos de reclutarlo.

—Okey, es verdad, pero cuando veas de quién se trata, vas a entender el porqué. Es obvio que nos podemos olvidar de Ed, es parte de este negocio y ustedes lo saben bien —los sermoneó.

—Yo he avanzado mucho con mi contacto. No está listo aún y de momento su acceso es limitado dentro del gobierno, pero tiene futuro, estoy convencido —afirmó Miguel orgulloso.

Tino se volvió a acomodar en su asiento y le dirigió una mirada, esperando que completara su comentario.

—Le pedí a Tino que me acompañara a Canadá para que lo trabajemos juntos. Yo creo que este contacto nos puede conducir hacia el video —añadió para complacerlo, pero su compañero no lucía satisfecho con la explicación.

—Veamos primero qué sucede hoy —concluyó la jefa, poniéndole punto final a ese tema por el momento.

La puerta frente a ellos se abrió y les dio paso a dos hombres correctamente vestidos de traje y corbata, el primero de ellos traía un portafolio de piel. Los dos agentes cubanos se pusieron de pie mientras su jefa permanecía sentada.

—Rosa, buenos días. Qué gusto verla de nuevo —saludó el primero de los hombres en español y extendió su mano derecha.

—How are you doing Matt? It'sgreattohaveyou back —le devolvió el saludo muy risueña.

—Mire, le presento a David Silverman, asesor especial del presidente para América Latina. Pero seguro que ustedes ya saben eso —bromeó y casi podría decirse que se divertía con la sorpresa evidente en los rostros de Tino y Miguel.

—David, ¿primera vez en Cuba? —preguntó Rosa sabiendo que la respuesta era positiva.

Matt dio un paso al lado para facilitarle el saludo a David. Rosa extendió su brazo y agarró la diestra de David con firmeza. Matt aprovechó para estrechar las manos de Tino y Miguel cortésmente, luego se dirigió a su asiento y dejó el portafolio al lado de su silla.

—Sí, la primera y espero que no sea la última —respondió David con entusiasmo y en perfecto español con acento cubano.

—Claro que no, claro que no. Es un grato placer tenerlo acá —lo aduló un poco Rosa—. Le presento a Tino y Miguel.

El asesor del presidente se les acercó, repitió el mismo saludo y continuó hacia el asiento junto a Matt. Se hizo un silencio breve cuando todos quedaron frente a frente.

—Primero quería pedirle mis excusas por lo de Montreal —comenzó diciendo Matt tímidamente.

—Por favor habla un poco más alto, recuerda que estoy medio sorda —lo interrumpió Rosa con torpeza.

—Claro —Matt carraspeó—. No hubiéramos querido suspender la reunión a última hora, pero no tuvimos alternativa porque estábamos a la espera de confirmar la información que compartiremos hoy.

—Comprendo —respondió la jefa sin muchas ganas—. Y Ed, ¿regresará? —Sabía que su pregunta estaba fuera de lugar, pero no le importó.

Matt no esperaba ser cuestionado por Rosa y dudaba cómo responderle sin contrariarla.

—Ed solicitó su retiro adelantado para irse al sector privado. Se podrá imaginar, mejor paga y menos tiempo fuera de casa.

—Sabia decisión —aprobó, aunque poco convencida—. Muy bien, comencemos entonces.

—De acuerdo. Ya hemos recibido esa confirmación pendiente con relación a los ataques sónicos —anunció Matt.

Colocó el portafolio sobre la mesa, lo abrió y extrajo una pequeña carpeta azul con el logo del FBI en el centro. Cerró el maletín y lo devolvió a su lugar anterior. Agarró la carpeta y la situó sobre la mesa, frente a Rosa, quien ni siquiera la miró.

—Después de algunos sucesos similares que hemos sufrido —continuó diciendo sin obtener reacción alguna a sus palabras—, la conclusión es que el equipamiento utilizado es de procedencia china.

No tenemos ninguna duda y en el informe podrá comprobar datos y referencias irrefutables.

Rosa tomó la carpeta azul y la corrió sin abrirla, casi despreciándola, hacia Tino, quien la abrió y ojeó sus páginas sin detenerse mucho en una lectura profunda.

—Matt, la posición de mi gobierno no ha cambiado y siento mucho que hayas venido hasta aquí esperando algo diferente de nuestra parte. Primero fueron elementos disidentes dentro de nuestro joven gobierno, luego los rusos y ahora los chinos —enumeró casi en tono de burla—. Voy a aceptar el informe a título personal por respeto a la relación que hemos mantenido contigo y con Ed a lo largo de estos años, pero nada más. Al final, nuestros gobernantes van y vienen, pero nosotros seguimos en el mismo lugar.

Matt asintió aliviado.

—Hablando de gobernantes —la interrumpió el norteamericano—. La segunda razón de esta casi informal visita es otro tema tan o quizá más sensible que los ataques sónicos.

Miguel, quien estudiaba con atención una página del informe, fue el primero en reaccionar cerrando la carpeta. Rosa y Tino aguardaron que terminara su idea, pero sin mostrar ansiedad.

—Es mejor que David les explique —dijo Matt cediéndole la palabra.

—Nuestro gobierno está dispuesto a hacer algunos cambios en su política hacia Cuba después de las elecciones del próximo noviembre. Este primer período del presidente ha sido muy turbulento por razones que todos conocemos...

—Acoso sexual, colusión, abuso de poder —soltó Rosa en ráfaga interrumpiéndolo intencionalmente—. Yo nunca pensé ver a un presidente norteamericano con tantas virtudes —ironizó.

—Pero en el próximo todo podrá ser diferente y podríamos regresar a las mismas condiciones de la administración anterior y más

—concluyó David, intentando esconder su enfado por la interrupción y burla de Rosa.

—¿A cambio de...? —preguntó Tino, sabía que todos estaban esperando la segunda parte de la explicación de David.

—Un video —fue la concisa e inmediata respuesta.

—Estás en el lugar equivocado. Para permisos de filmación tienes que ir al Instituto Cubano de Cine, que es el encargado de esos temas en Cuba.

David ignoró el sarcástico chiste de Rosa, que provocó sonrisas en los rostros de Tino y Miguel. No le interesaba polemizar y sí controlar la conversación.

—Sabemos que existe un video realizado ilegalmente dentro de la Casa Blanca. No compromete al presidente, pero sí pudiera influir negativamente sobre su candidatura para el segundo mandato. Estamos en el medio de las elecciones y todo vale.

—¿Pero se trata de algo personal? —inquirió Miguel.

—No —le contestó Matt—. Es algo más circunstancial, que pudiera ser malinterpretado o mal manejado si cayera en las manos equivocadas.

—¿Tu familia en Miami sabe que estás aquí? —preguntó Rosa alterando drásticamente el rumbo del intercambio.

David se quedó en silencio ante la inesperada pregunta sobre su familia.

—Sí —respondió con serenidad—. Lo conversé con mi abuelo y me ofreció su criterio que, por respeto, no comparto.

—No faltaba más —afirmó ella—. Deberías visitar la sinagoga del Vedado. La han renovado completamente y ha quedado preciosa. Estoy segura de que a tu abuelo le gustaría verla. Como sabes, fue uno de sus principales valedores cuando se fundó. Matt puede llevarte de camino a tu embajada. No está lejos de allí.

—No vamos a estar mucho tiempo, pero lo intentaré —le aseguró, disimulando el orgullo que sentía al escucharla hablar de su abuelo.

—Ojalá y puedas. No sabes si vas a tener otra oportunidad como esta —dijo Rosa mirando fijamente a David—. Volviendo al tema, ¿por qué nosotros? — preguntó desconfiada—. Es más probable que ese video, si realmente existe, llegue a manos de los chinos o de los rusos e, incluso, hasta de los israelitas. Cualquiera de ellos puede darse el lujo de pagar lo que sea por tal mercancía.

—Pudiera ser, pero creo que ustedes son los escogidos. Si no, ¿por qué otra razón hubiera venido hasta Cuba el propio Vasily?

Rosa se inclinó sobre la mesa sin quitarle la mirada de encima.

—Joven, comprendo que su carrera política comenzó junto a este presidente, pero Rusia y Cuba son aliados hace muchos años; con sus altas y bajas, pero aliados, al fin y al cabo. Nuestras relaciones han crecido ostensiblemente en los últimos cuatro años y Vasily es parte de ese progreso conjunto.

David sonrió ante el sutil regaño y permaneció en silencio.

—Tu presidente es un muy buen amigo del mandatario ruso. Si quiere saber por qué Vasily vino a Cuba que le pregunte directamente a él —sugirió desafiante.

—No me parece una buena idea en estos momentos estar pidiendo favores a ese nivel.

—¿Por el impeachment? —preguntó Rosa con sorna—. A veces creo que ustedes los americanos pecan por ser demasiado "políticamente" correctos.

—No podría estar más de acuerdo con usted —coincidió David.

Rosa se quedó pensativa ante esta respuesta.

—Hagamos algo. A pesar de que este presidente no se merece nuestro afecto precisamente, por todo lo que ha hecho contra Cuba durante su mandato, si llegara ese video a nuestro poder, se lo entregaríamos.

El silencio en el salón era absoluto.

—La razón que tiene nuestro gobierno para tomar tal decisión es muy egoísta y les voy a explicar por qué —continuó—. Nosotros deseamos retomar el camino de la prosperidad en las relaciones entre nuestros países por el bien de todos —Rosa clavó la vista en David—. Especialmente el de nosotros, los cubanos, en ambos lados —finalizó diciendo.

Tino y Miguel no daban crédito a lo que habían escuchado, pero se contuvieron para no mostrar su desacuerdo.

—De eso se trata precisamente, Rosa —dijo Matt complacido—. Cuba y Estados Unidos están destinados a tener una mejor relación y les puedo asegurar que el presidente cumplirá su palabra después de las elecciones. Quizá hasta su familia se decida e invierta en Cuba. Conocemos que han existido intentos anteriores que no fructificaron, aunque no dudo que el interés persista. ¿No es así, David?

—Yo seré el primero en aconsejarle que lo haga. Cuba tiene un gran futuro y Estados Unidos será un aliado excepcional. El primer período presidencial fue para hacer política; el segundo es para hacer dinero —respondió inmediatamente.

—¿Más del que ya tiene este presidente? —preguntó Rosa incrédula.

—¿Por qué no? —respondió David.

Todos en el salón sonreían de satisfacción. Rosa se puso de pie y el resto la imitó, pero sin moverse del lugar. David se inclinó sobre la mesa y atrajo hacia sí la carpeta azul con el logo del FBI. Extrajo un bolígrafo de su saco y escribió en el borde superior derecho de la carpeta un número telefónico.

—Este es mi celular privado. Puede llamarme cuando tenga el video o para cualquier otro asunto que crea conveniente.

La jefa y sus dos subordinados se quedaron en silencio, tratando de ignorar la carpeta azul. Rosa rompió el momento tomándola. Caminó hasta la puerta y la abrió. El mismo soldado que antes le había susurrado al oído apareció con una caja de tabacos Cohiba Siglo VI. Rosa le entregó la carpeta, agarró la caja de tabacos y lo despidió cerrando la puerta frente a él. Matt se apresuró a llegar hasta ella como si fuera un niño al que le regalan caramelos por primera vez.

—David, ¿tú fumas? —preguntó Rosa.

—Cuando se trata de un Cohiba...

Matt colocó la caja sobre la mesa y la abrió. David y él inhalaron el aroma del tabaco y cada uno tomó uno y lo escondió en el bolsillo interior de su traje.

—¿Uno solo? ¿Tu abuelo fuma? —Rosa se acercó a la caja y extrajo uno para entregárselo a David.

—Él es fiel a su Romeo y Julieta, pero estoy seguro de que este lo va a apreciar mucho si se lo llevo — respondió.

—Toma, no te doy la caja porque ya casi estarías violando el embargo norteamericano y no queremos meterte en problemas —dijo ella irónicamente.

—Gracias, Rosa —reconoció, aceptando la ironía—, mi abuelo se pondrá contento. El mío sí me lo voy a fumar tan pronto almuerce —afirmó, mientras ponía el segundo tabaco en el mismo bolsillo en que había guardado el otro.

—Ya que estamos por esta zona, almorzaremos en el Cohiba y de paso llevo a David al humidor del hotel para fumarnos el tabaco. Tenemos que celebrar esta excelente noticia —dijo Matt entusiasmado.

—El lugar acaban de reinaugurarlo, ayer estuve por allá y ha quedado espectacular —comentó en ese momento Miguel.

Matt le agradeció el dato haciendo un gesto con la cabeza. Rosa interrumpió la interacción entre ambos cerrando la caja de un golpe y empujándola. Esta se deslizó sobre la mesa y se detuvo justo frente a Miguel, quien inmediatamente la abrió, extrajo un tabaco y se lo llevó hasta la punta de la nariz para saborear su aroma.

—Bueno Rosa, esperamos entonces por sus noticias y ojalá que sea muy pronto. El tiempo apremia y necesitamos resolver este asunto cuanto antes —enfatizó David.

La mujer estiró su brazo para despedirlo y él le replicó el gesto.

—Yo les avisaré personalmente en cuanto el video esté en nuestro poder. Se lo prometo.

Mientras David se despedía de los cubanos, Matt avanzó hacia la mesa para recoger el portafolio, luego se paró a esperarlo en el umbral de la puerta hasta que ambos se marcharon juntos.

El portal trasero de la casa de Sergio estaba perfectamente iluminado. La luz artificial cubría el pequeño huerto casero a los pies del portal y alcanzaba hasta el inicio de un manzanal que luego se perdía en la oscuridad de la noche. Rafael, Lucas y el hijo de Sergio estaban jugando con el perro. Corrían entre los surcos de tomates y las luces de colores de sus zapatos era lo que más atraía al animal, que las perseguía sin descanso. Sergio, Claudia y el Decano disfrutaban desde el portal, sentados a la mesa, comiendo lascas de chorizo, jamón y trozos de quesos locales acompañados por una botella de vino tinto.

—Ven acá, Claudia, ¿no había unos zapaticos más discretos en la tienda? —le preguntó Sergio sin quitarle la vista a los niños preocupado por su preciado huerto.

—Búrlate todo lo que quieras, pero gracias a ellos encontramos a los niños cuando se nos perdieron en la Mezquita de Córdoba, así que no los critiques tanto. Te aconsejo que le compres un par a tu hijo —respondió en tono jocoso.

—No, gracias —descartó el consejo de inmediato.

—Sergio, dile a tu esposa que no se esmere tanto con la cena. Después de dos días en la carretera, solo comiendo bocadillos, cualquier plato caliente me viene bien —le aseguró Claudia mientras sorbía un poco de vino de su copa.

—No te preocupes, si ella lo disfruta —Sergio se inclinó hacia adelante, miró a través de la puerta que daba acceso al portal desde el interior de la casa para asegurarse de que su esposa no estaba cerca para escucharlo—.

Así aprovecha y descansa del niño, que la tiene loca.

Sergio y Claudia rieron en complicidad mientras el Decano terminaba de beber el último sorbo de la copa.

—¿No tienes nada más fuerte que esto por allá dentro, Sergio? —preguntó, enseñando la copa de vino vacía.

—Decano, no tengo nada. Se me acabó el Havana Club.

—¿Qué tal el barcito de la esquina? ¿Tranquilo? —inquirió mientras se ponía de pie—. Me hace falta estirar un poco las piernas.

—Bien, de barrio. Busca a Fermín, que es el dueño, y dile que vas de mi parte. Estos gallegos a veces se ponen un poco majaderos con los extraños, sobre todo de noche.

—Tranquilo, yo le digo.

Claudia miró al Decano buscando la verdadera razón de su salida nocturna, aunque convencida de que no la iba a descubrir.

—No te demores mucho que la cena estará lista pronto —le advirtió Sergio—. Dime algo, porque desde que llegaste solo te conozco por Decano, pero seguro que tienes nombre.

El viejo asintió y dio un par de pasos desde la mesa para llegar hasta los dos escalones del portal. Dio un ligero salto y cayó próximo al huerto, se agachó y el perro inmediatamente fue hacia él. Claudia se inclinó en la silla esperando la respuesta, que también le intrigaba.

—Está lindo el labrador. ¿Cómo le pusieron? —preguntó acariciando el lomo del perro.

—Eco —dijo Sergio, todavía expectante por la pregunta que le había hecho.

—Mi nombre es Manuel, me llamo Manuel —dijo con nostalgia, pero con voz firme—. Hace tanto tiempo que ya nadie me llama así que casi ni lo recuerdo.

En ese momento, los niños llegaron corriendo e interrumpieron el pequeño intercambio entre el Decano y la mascota. El Decano se puso de pie y comenzó a caminar en dirección a la puerta principal de la casa bordeando su lado exterior, que quedaba de frente al bosque.

Rosa, sentada sobre el buró de Miguel, observaba a Tino mientras este extraía la Glock de la mochila y la desenfundaba para colocarla en la cartuchera que portaba en su cintura. A su lado estaban su celular y una pequeña bocina inalámbrica que servía de altavoz a la conversación grabada minutos antes entre cubanos y americanos. El volumen de la grabación era notablemente alto.

—La renuncia de Miguel es una excelente noticia, ¿no te parece? —preguntó Rosa, asegurándose de que su tono de voz se perdiera entre los diálogos de la grabación.

Tino dejó la mochila sobre una silla y asumió la misma posición frente a Rosa sentado sobre su escritorio.

—Yo hubiera preferido que se quedara, pero tú eres la jefa y sabrás mejor que yo por qué lo dices — respondió en voz baja.

—Estoy segura. Es la situación ideal para que te conviertas en jefe de este departamento cuando me retire.

—Lo dudo —le contestó incrédulo—. Yo no tengo ningún linaje familiar como Miguel. A mí nunca me van a entregar tal responsabilidad. Además, tú misma piensas que ellos tienen un candidato.

—¿Tú crees que este puesto lo puede llevar cualquiera? —le preguntó, pero sin esperar realmente una respuesta—. Yo pensaba que habían convencido a Miguel a espaldas mías para que se convirtiera en el jefe del departamento. Hubieran matado dos pájaros de un tiro; la experiencia de Miguel en este negocio y un guiño respetuoso a la generación histórica de este país al ser el hijo de un general ya fallecido.

—Yo creo que le estás dando demasiado crédito a este ministro.

—Y yo que estás ciego por la amistad que te une a Miguel. No los subestimes, Tino, esta gente no va a tener piedad, van con todo. Y si no lo crees, mira los cambios radicales que ha hecho este gobierno en casi todos los ministerios. Para ellos tú no eres una amenaza, por el momento, por eso la renuncia de Miguel es una excelente noticia. Encontrar y entrenar a alguien que pueda tomar su puesto me tomará al menos un par de años, lo justo para que te conozcan bien y tú a ellos, para que confíen en ti y te conviertas en mi sustituto. Cuando eso suceda, pues me podré retirar tranquila sin tener que cuidarme la espalda porque sé que me protegerás como he hecho yo con el Decano desde que se marchó.

Tino hizo silencio, dudaba de las intenciones de su jefa y meditaba su respuesta para evitar comprometerse. Se puso de pie y fue hasta su silla. Puso la mochila en el piso y se sentó.

—Rosa, de veras agradezco tu confianza conmigo, pero no lo veo. Hay mucho en juego dentro de estas cuatro paredes como para que ellos renuncien a nombrar a alguien de su círculo.

—¿Cuántos de ellos tú piensas que están dispuestos a meterse en el fango donde nosotros vivimos todos los días y hacer lo que es ya algo casi natural para nosotros? —le preguntó ella sonriendo con malicia—. No te creas ese show del ministro en el búnker, nosotros somos un mal necesario con el que tienen que convivir porque no les queda más remedio, pero de ahí a embarrarse en la mierda, todavía hay un largo trecho.

La grabación de la conversación con Matt y David finalizó. Rosa tomó el celular, se lo guardó en el bolsillo del pantalón y apagó la bocina inalámbrica. Se puso de pie y se acercó al buró de Tino.

—¿Qué te pareció David? —La voz de Tino volvió a su tono natural.

—Es una pena que no se convierta en un político de carrera. Tan pronto termine o echen a este presidente, atrás se marcha él. Hubiera podido ser muy útil para nosotros. Aunque es tercera generación, te habrás dado cuenta de que está orgulloso de su ascendencia cubana.

—Muy orgulloso —coincidió con ella—. Casi pierde la compostura cuando le hablaste de la sinagoga.

—En fin, nada que hacer —se lamentó—. Ya Miguel partió hacia Canadá. ¿Algo que te preocupe para reemplazarlo ante su agente? Esos cambios tienen que ser muy finos porque a veces traen una reacción opuesta a la que se desea.

—Nada. Solo le pedí un par de días para yo hacer otras averiguaciones por mi lado antes de encontrarnos. Él va a ir preparando la reunión con su contacto mientras tanto.

—No tengo que decirte que tenemos que hacernos de ese video como sea. Quien lo logre, tendrá la historia a sus pies, porque estamos hablando del presidente más popular en los Estados Unidos de los últimos cincuenta años y el más impopular en el resto del mundo —dijo entusiasmada.

—Sobre eso quería preguntarte, ¿puedes correr la grabación otra vez? Quiero ver algo contigo sobre lo que dice David.

Rosa extrajo el celular y lo colocó sobre el escritorio de Tino. Recogió la bocina, que permanecía en el buró de Miguel, la encendió y la ubicó al lado de su teléfono. Echó a andar la grabación una vez más y con el mismo elevado volumen.

—¿Realmente piensas entregarles el video a los americanos? —la cuestionó ansioso, volviendo a hablar en voz baja.

La jefa fue hasta su oficina ante la mirada perpleja de Tino y regresó con la foto donde estaba con Fidel Castro y su padre en Barcelona.

—Este día —dijo señalando a la foto—, el Decano, mi padre y yo habíamos coordinado una reunión con un amigo personal de Bill Clinton que también estaba en Barcelona para los Juegos Olímpicos. Teníamos señales claras de que cuando Clinton fuera presidente, su política hacia Cuba iba a ser diferente, sin confrontación; al fin y al cabo, la guerra fría había terminado. Todos nuestros informes daban a

Clinton como ganador en las elecciones de noviembre de ese año y así se lo hicimos saber a Fidel. Cuando llegó el momento de la reunión, Fidel la canceló de improviso alegando que Clinton nunca le ganaría a un presidente de turno con el apellido Bush y que no iba a perder el tiempo con una causa que estaba muerta antes de nacer —Rosa hizo una breve pausa—. El resto es historia.

Fue de nuevo a su oficina con la foto en la mano. Tino permaneció inmóvil y en silencio ante la anécdota que acababa de escuchar. Su jefa regresó con una pequeña caja de seguridad metálica y pesada con un cierre de combinación de números. Volvió a sentarse encima del escritorio de Miguel y puso la caja a su lado.

—Esta es mi segunda y última oportunidad de hacer historia y no la voy a echar a perder dejando la decisión final en manos de políticos, especialmente de los que nos gastamos ahora. Si lo conseguimos, yo podré redimirme de mi error —dijo triunfante.

—Estoy de acuerdo contigo, la decisión es nuestra, no de los políticos, pero el fin siempre tiene que ser el bienestar de Cuba.

—Y lo es. Te aseguro que vas a poder cumplir la promesa que hiciste cuando entraste a la inteligencia.

—Proteger a Cuba —declaró con ímpetu.

Rosa hizo una pausa sin quitarle la vista de encima.

—Tino, ambos queremos lo mismo, pero lo que ha cambiado es el camino para lograrlo. Mi Revolución, por la que luché, ya no existe. Ahora solo queda el país y tienes la privilegiada capacidad de moldearlo, de crear el futuro que quieres para tus hijos.

—¿A quién piensas entregarle el video? —preguntó inquieto esperando la respuesta.

—A los rusos...

—Pero...

—Escucha —lo interrumpió—. Tú eres muy buen agente, me atrevería a decir que de los mejores que he visto en mi vida, pero te faltan por recorrer algunos años para que comprendas mi decisión. Los gobernantes de Estados Unidos siempre van a ser predecibles, incluso bajo un presidente sui géneris como Román, y el ejemplo lo tienes a la mano. Nada más tienes que ver a quién envió para limpiar sus trapos sucios, a un outsider como David.

—David es uno de sus más leales asesores.

—Precisamente por eso —afirmó enfáticamente—, pero David no pertenece al Estado Profundo. Román sabe que lo único que puede sacarlo del poder es el Estado Profundo, ese gobierno horizontal al que pertenecen Matt, Ed y cientos más que Román no controla, al menos por el momento. Si llega al segundo período, posiblemente lo logre.

—¿No le ves opciones al impeachment entonces? —preguntó Tino.

—Sí, opciones tiene. Los demócratas pueden llevarlo al Congreso, pero de hacerlo, se arriesgan a no tener un inquilino en la Casa Blanca en los próximos veinte años porque la mayoría que aprueba a Román no se los va a perdonar.

—Puede ser, a lo mejor tienes razón —admitió convencido.

—Claro que la tengo. Los americanos poseen dos caras nada más y ambas, en ocasiones, toman caminos diferentes según el presidente de turno, pero al final, tienen el mismo objetivo: elecciones libres y democracia. Ambos ya sabemos que a este gobierno no le interesa ni le conviene eso. Los rusos, en cambio, y esto es algo que aprendí de Fidel, siempre van a ser impredecibles, indomables y es preferible tenerlos siempre como aliados a cualquier precio. No les voy a entregar el video, pero Vasily sí va a saber que está en mi poder. Nosotros somos el mejor postor en esta historia y yo —enfatizó—, dicto las reglas.

—No estoy seguro de que esa sea la mejor opción porque los rusos, como dijo Vasily, no van a querer deshacerse del presidente de los Estados Unidos y eso es lo que tú y yo queremos por el bien de Cuba, ¿cierto? —la interpeló enfáticamente, pero no recibió una respuesta, así que continuó—: Vamos a terminar donde mismo estamos ahora.

LA ENTREGA   107

Los americanos en franca confrontación con Cuba y los rusos chantajeándonos con su apoyo.

—Estás olvidando un detalle —le dijo su jefa desafiante.

—¿Cuál?

—Controlando a los rusos, controlamos a nuestro gobierno. Podemos seguir trabajando sin la preocupación de que puedan deshacerse de mí cuando les parezca y tú podrás convertirte en el jefe de todo esto sin contratiempos. Cuando estés al frente del departamento, no tendrás que viajar tanto y podrás recuperar a tu familia —hizo una pausa—. Protegerla.

La grabación del encuentro con Matt y David terminó su segunda reproducción. Tino apretaba el puño controlando la furia que le provocaba no poder responderle. Rosa recogió el celular, lo devolvió al bolsillo de su pantalón y comenzó a correr los números de la combinación de la caja de seguridad hasta abrirla. Extrajo un cuño y ajustó la fecha de sus pequeños números metálicos.

—¿Qué pasaporte piensas llevarte? —le preguntó con tono autoritario usando su voz natural.

—El de Costa Rica. Voy a ir primero a Europa antes de viajar a Canadá a encontrarme con Miguel.

La jefa extrajo el pasaporte de Costa Rica, buscó la página donde estaba la foto de Tino y revisó la fecha de vencimiento. Pasó las páginas lentamente, detalló las fechas y cuños de entrada en varios países: Honduras, Estados Unidos, Portugal, México y Cuba. Se detuvo en una página. Agarró el cuño y lo presionó contra el espacio vacío.

—¿Tienes un bolígrafo a mano?

Tino fue hasta su mochila y regresó bolígrafo en mano.

—Te voy a poner fecha de entrada a Cuba el domingo, ¿de acuerdo? —No esperó por su respuesta y escribió la fecha—. Voy a entrar al sistema de inmigración ahora mismo, así podrás marcharte hoy en la noche.

—Sí, cuanto antes mejor —respondió y recogió el bolígrafo que Rosa dejó sobre el buró de Miguel—. Necesito ir hasta mi casa a buscar alguna ropa de invierno para aterrizar en Canadá. ¿Me puedes prestar el carro?

—La llave debe estar sobre mi escritorio, donde la dejó Miguel. Me la devuelves cuando regreses. Yo tengo el otro juego. Ah, por favor, llénale el tanque de gasolina antes de parquearlo. ¿Dónde vas a tomar el taxi para el aeropuerto?

—En el hotel Riviera, hace tiempo que no lo uso.

—Okey. Déjame el carro en la esquina de Calzada y A. Ese lugar no nos queda muy lejos a ninguno de los dos.

Tino asintió y se dirigió hacia la oficina de Rosa a buscar las llaves del carro; en tanto, ella cerraba la caja de seguridad y esperaba por él para darle las últimas instrucciones.

—Tráeme el video, confía en mí —insistió.

—¿Acaso tengo opción? —le respondió un Tino provocativo.

—No —la respuesta fue tajante.

Ambos se sostenían la mirada sin titubear mientras Rosa mantenía aún en su mano el pasaporte costarricense de Tino. Rosa sonrió levemente, extendió su brazo y Tino agarró el pasaporte.

—Okey, nos vemos pronto —se despidió sin más preámbulos. Fue hasta su silla, recogió la mochila y caminó hacia la salida de la oficina sin mirar atrás.

El bar estaba medio lleno y los clientes discutían entre sí mientras disfrutaban de un programa nocturno sobre fútbol que transmitían por la televisión. El Decano, sentado en la esquina de la barra, al costado de la puerta de entrada, bebía lo último de un ron sin hielo con la mirada puesta en el espejo colocado encima de las neveras que quedaban frente a él.

—¿Te pongo otro, Decano?

—No gracias, Fermín, ya me marcho —le contestó con un suspiro. Se levantó de la banqueta y colocó un billete de veinte euros sobre la barra—. Me están esperando en casa de Sergio para cenar.

—Espera te traigo el cambio.

—No te preocupes, mejor esconde el roncito de mi tierra que mañana regreso —le dijo con un guiño de complicidad.

Escuchaba la risa de Fermín mientras caminaba hacia la puerta. Se detuvo justo en el umbral y acomodó el mango de la pistola que traía en la cintura de forma tal que la chaqueta no fuera un obstáculo si tuviera que usarla.

La luz naranja de la farola cubría prácticamente toda la calle gracias a su altura y potencia, aunque apenas penetraba el sendero hacia el interior del bosque. Caminó hasta el medio de la calle y empezó a descender la pendiente en dirección a casa de Sergio.

Tino parqueó el Hyundai Santa Fe junto al primer expendedor de gasolina de la estación de combustible. Apagó el motor y salió del auto. Al otro lado, el dueño de un Chevrolet 57 azul y blanco, descapotable y en perfectas condiciones, llenaba el tanque orgulloso de su vehículo. Tino no fue menos que el resto de los transeúntes que rodeaban al Chevy y admiró las perfectas líneas de su carrocería mientras caminaba hacia la caja de la estación para pagar por su gasolina. Regresó al auto por el mismo camino. Ahora los admiradores del Chevy intercambiaban palabras con su dueño. Tino escuchaba entretenido los comentarios acerca del Chevrolet mientras esperaba a que el tanque de su auto terminara de llenarse.

Una vez lleno, colocó la tapa y entró al auto. Sintió cierto alivio al volver a aislarse en el oscuro interior del auto. Había encendido el motor cuando la puerta trasera diagonal a él se abrió y cerró en un par de segundos, los suficientes para permitirle a Matt colarse en el auto. Tino se volteó sorprendido al verlo. Tenía una apariencia totalmente diferente a la que tenía cuando se vieron en el bunker. Distinguió la Glock 17 con silenciador que empuñaba Matt apuntando directamente a su estómago y se quedó muy quieto. El norteamericano se inclinó, estiró el brazo izquierdo sin dejar de vigilarlo y le removió la pistola que portaba en la cadera. Se acomodó en su asiento y se quitó la gorra de Industriales, igual a la de Tino.

—Estaba por venir a verte.

—Claro —dijo Matt de forma poco convincente.

—Come on, let's get out of here! —le ordenó.

El Hyundai Santa Fe avanzó lentamente por la pista de la estación de combustible doblando a la derecha tan pronto se asomó a la avenida Malecón.

—Sigue para el callejón de la calle A, solo tengo cinco minutos —lo conminó Matt, revisando la hora en su reloj.

El auto donde viajaban los dos hombres descendía por la calle A. Unos veinte metros antes de llegar a la esquina de la avenida Calzada, Tino hizo una derecha cuidadosamente hacia la entrada de un callejón imperceptible localizado entre dos casas. El auto andaba a muy poca velocidad, evitó un improvisado juego de pelota entre niños y se detuvo justo antes de tomar el giro a la izquierda con salida obligada a la avenida Calzada. Tino colocó el auto en modo parqueo, pero sin apagar el motor. Subió ambas manos sobre el timón, con la mirada en el retrovisor y fija en Matt.

—¿Qué coño está pasando aquí, Tino? No hiciste lo que acordamos con el video. ¿Le diste el video a Vasily ayer? —le preguntó Matt muy molesto y sosteniendo con fuerza la pistola.

—Esa misma pregunta me la hago yo. Trataron de asaltarme en España cuando estaba con mi familia, pero puedes estar seguro de que, si hubiera creído que fuiste tú, ya nos hubiéramos caído los dos a tiros aquí mismo dentro del carro —le replicó con decisión.

LA ENTREGA 111

—Nuestro acuerdo era que ibas a entregarle el video a TheGuardian en Londres y no lo hiciste —le reclamó, aún sin creerle—. Perdí comunicación contigo desde el fin de semana y te apareces de improviso en Cuba, un día antes de la llegada del jefe de la FSB. Solo puedo pensar una cosa, Tino: cambiaste de idea y me vas a joder.

Matt miró la hora de nuevo, pero se mantuvo atento a los gestos de Tino, quien exploraba los alrededores a través de los tres retrovisores del auto.

—Matt, si eso fuera cierto, ahora mismo estarías camino a la Base Naval de Guantánamo con una capucha en tu cabeza. No tenemos mucho tiempo porque ahorita comienza a salir de sus casas la gente de este barrio y van a empezar a cuestionarse qué cojones hacemos aquí.

El alivio de Matt era evidente. Sabía que el otro tenía la razón. Descansó sobre el muslo el brazo que sostenía la pistola, aunque sin dejar de apuntarle a Tino.

—¿Qué te pasó en Europa? —preguntó, aún desconfiado.

Tino inició el gesto de sacarse el celular de un bolsillo del pantalón, eso provocó un brusco movimiento de Matt, que extendió el brazo y pegó la punta del silenciador contra el respaldo del asiento del conductor.

—Tranquilo, Matt, tranquilo —trató de calmarlo al tiempo que elevaba su brazo izquierdo con el celular en la mano—. Busca la noticia sobre la muerte de un ladrón en el Hostal Los Soles de Ronda el sábado pasado.

El norteamericano no tomó el celular de Tino. Extrajo el suyo del bolsillo frontal del jean que vestía y lo alzó de forma tal que le quedaba a la misma altura del torso del cubano. El brazo que sostenía la pistola regresó al muslo y comenzó a navegar en Google, alternaba la lectura y las miradas a Tino.

—Por eso corté toda comunicación, puse a mi familia a salvo y regresé a Cuba para averiguar quién cojones está detrás de todo esto.

—Hiciste bien, yo hubiera hecho lo mismo —reconoció—. Washington está igual a la caza de quien tenga el video. Nadie está a salvo, por eso es clave exponerlo cuanto antes.

—Eso haré, tan pronto sepa quién es el traidor —advirtió, haciendo una pausa forzada.

—No, Tino, no podemos seguir esperando. Mientras más nos demoremos, más probabilidades hay de que me descubran. Saca a la luz pública el video, después nos encargamos de agarrar al hijo de puta ese. Además, el traidor está entre ustedes. ¿Ya tienes idea de quién pudiera ser?

—Cualquiera, a esta altura desconfío de todos, hasta de Pietro en Montreal. Con ese pasado mafioso que tiene, quién sabe.

Matt sonrió.

—Pietro está haciendo mucha plata en Montreal como para enredarse en esos asuntos y arriesgar su libertad condicional. Lo último que desea es volver a la cárcel en los Estados Unidos. Créeme, si en alguien podemos confiar ambos ahora mismo es en él —le aseguró—. Cuando el video se haga público, te va a ser más fácil descubrir al traidor porque alguien tendrá que pagar las consecuencias de lo que pase.

—Okey —afirmó Tino en total acuerdo.

El dueño de la casa a la izquierda del auto se colocó frente al vehículo y miró indiscretamente hacia su interior. Los dos hombres se percataron de su presencia incómoda e ignoraron la justificada imprudencia. Ambos hicieron silencio. Matt le devolvió la pistola a Tino, removió el silenciador de la suya y lo guardó en el bolsillo de su pantalón. Incrustó la pistola contra su cadera y se arregló el pulóver blanco de forma tal que cubriera completamente el mango del arma.

—Cuando te vi entrando a la gasolinera pensé que estaba jodido.

Tino sonrió con orgullo.

—La salida de Ed ha funcionado bien. Espero que no tenga demasiados problemas —comentó casualmente Tino.

—¿Qué pasa, Tino?, ¿te me estás poniendo flojito? —le preguntó en broma—. Ed es un daño colateral necesario, un hijo de puta menos que nos ha quitado la presión por unos días y que debemos aprovechar.

—¿Y David, no es problema para ti?

—Por el momento no —respondió Matt confiado.

—Comprendo. ¿Y tu traje dónde lo dejaste? —le preguntó, señalándole con la barbilla hacia la ropa—. No sé cómo puedes acomodar el jean debajo del pantalón.

—El hábito. El traje lo dejé escondido en el clóset del baño que está en el lobby del Cohiba. Fue donde único me dio tiempo a dejarlo cuando te vi entrar a la estación —miró su reloj—. Tengo que irme, ya David debe estar a punto de terminar de fumarse el tabaco que le regaló Rosa y mi ausencia por culpa del dolor de estómago no puede ser eterna —bromeó—. Gracias por buscarme, Tino.

—Si no hubieras dicho lo del Cohiba, créeme que estaba dispuesto a todo para que no regresaras vivo a los Estados Unidos.

—Lo sé —afirmó convencido mientras se colocaba de vuelta la gorra de Industriales bien ajustada en la cabeza—. ¿Cómo hacemos para comunicarnos?

—Yo te busco.

Matt asintió y se bajó del vehículo. Giró a la izquierda en el callejón y caminó a toda prisa en dirección a laavenida Calzada.

Capítulo VII
La traición

Tres de las cuatro mesas situadas en la acera del bar estaban desocupadas. Desde la cuarta, justo en la esquina, Tino vigilaba las calles provenientes de las tres direcciones que confluían en ese lugar y que terminaban en forma perpendicular a la casa de Sergio. La mochila ocupaba el puesto a su derecha y sobre la mesa había dos platos usados, vacíos y sin cubiertos, y una botella de agua de la que bebía directamente a sorbos. El tráfico vehicular era mínimo.

Fermín cargó la última mesa para acercarla hasta la entrada del bar. Observó a Tino inmóvil en su sitio.

—¿No te apetece algo más? —le preguntó en alta voz para que lo escuchara.

Tino se volteó ofreciéndole un cortés "no", con un gesto de la mano. Fermín reaccionó acercándose a él.

—Hombre, llevas tres horas sentado ahí sin moverte. Puedes pasar al baño del bar si lo deseas, que no lo cobramos.

—Gracias, muy amable, pero estoy bien —sonrió con la ocurrencia—. Es que estoy esperando a un amigo y no quiero que se pierda, por eso prefiero esperarlo aquí afuera —trató de justificar su evidente semblante de preocupación.

—Como quieras —afirmó Fermín desconfiado—. En un par de horas empieza a caer la noche y el frío es insoportable. Cuando te decidas a entrar, tráeme la mesa y las sillas al bar, así no las tengo que cargar yo.

—De acuerdo, no se preocupe que yo me encargo —le aseguró.

Fermín regresó junto a la mesa a la entrada del bar. La levantó con un ágil movimiento y entró.

Sergio arreglaba los cordeles de las plantas de tomates en su huerto cuando vio acercarse al Decano, que venía saliendo del manzanal. Lucía agotado.

—¿Qué te pasó, Decano?, ¿te perdiste? —preguntó preocupado.

El Decano estaba agitado y necesitó un par de segundos para responder.

—Yo me creo que todavía tengo cuarenta años y cuando llegué al final del manzanal, entré al sendero del bosque. Verdad que es precioso el lugar, ¡pero engaña, coño! ¡Qué manera de caminar!

Sergio se divertía con el cuento del viejo.

—Ven acá, Sergio, y ¿cuándo empieza la cosecha de las manzanas? Esos árboles están llenitos de flores.

—A comienzos del verano. Si quieres, te puedes quedar por acá y ayudarme. Digo, si no es mucho trabajo para ti —se burló.

—Coño no me lleves tan recio que todavía a mis 73 años me mantengo en forma.

—¿No te cruzaste con ningún jabalí salvaje por el bosque? Porque tan pronto empieza a caer la tarde, ellos salen a comer y tengo que encerrar al perro dentro de la casa. Le encanta ir a cazarlos, pero si lo dejo, me lo van a matar.

—¿En serio, hay jabalíes por aquí? —El Decano se agachó para arreglarse un cordón del zapato y el mango nacarado de su pistola Star sobresalió por debajo del pulóver que vestía—. ¡Ya eso hubiera sido el colmo! —exclamó. Al erguirse vio la mirada de Sergio, que ya no se divertía con su anécdota.

Se percató, entonces, de la exposición de la pistola en su cintura. Se arregló el pulóver de forma tal que cubriera el arma completamente.

—Sergio, ustedes no tienen nada de que preocuparse —le prometió confiado con semblante serio.

—Decano, Tino y yo somos como hermanos, nos conocemos desde niños. Si envió a su familia para acá contigo es porque era la mejor decisión. Si yo estuviera en su lugar, hubiera hecho lo mismo. Pero te voy a pedir algo —dijo Sergio mirando en dirección a la pistola en la cadera del Decano—. En el momento que descubras que estamos en peligro, dímelo, no me lo ocultes. No me importa cuán grave sea, solo quiero proteger a mi familia como mismo ha hecho Tino con la suya.

El Decano asintió y vio que Claudia asomaba la cabeza por la puerta del portal trasero, intrigada por la conversación entre ambos, así que musitó con rapidez para evitar que escuchara:

—Puedes contar con ello, pero estoy seguro de que no va a ocurrir nada.

Claudia salió al portal, comenzó a caminar en dirección a los dos hombres, decidida a saber de qué hablaban. Ante su inminente presencia, el viejo se volteó de forma tal que su espalda quedara de frente a ella y él, cara a cara con Sergio.

—Tino estará de vuelta muy pronto y todo se resolverá. Mantengámosla al margen mientras tanto, no vale la pena preocuparla más de lo que ya está —susurró.

El Decano giró para mirar a Claudia, quien ya estaba frente a ellos.

—Hoy voy a cocinar yo. ¿Alguna preferencia? —les preguntó.

—A mí me encantarían unos huevos estrellados —respondió Sergio entusiasmado—. Yo sé que las papas fritas se te dan muy bien —dijo halagador.

—Perfecto, a los niños también les gusta ese plato, así no tengo que cocinar doble. Después de la cena — dijo mirando al Decano—, me gustaría que fuéramos al bar de la esquina nosotros dos solos. Quiero conversar contigo.

El Decano miró a Sergio. Estaba seguro de que no tenía otra opción que no fuera aceptar el pedido de Claudia.

—Por supuesto.

—Perfecto. Cenamos a las nueve.

Claudia se marchó primero seguida por el viejo. Sergio se quedó en su huerto, terminando de arreglar los cordeles de las plantas de tomate, pero mucho más pendiente de sus alrededores.

Tino cargaba en su hombro la silla. La dejó junto a la mesa vacía próxima a la entrada del bar que fue rápidamente ocupada por dos clientes, que se unían a la numerosa clientela del abarrotado lugar. Todos estaban pendientes del show sobre fútbol que pasaban en la televisión. Caminó hasta la barra donde Fermín servía jarras de cerveza sin parar.

—¿El baño? —preguntó alegre.

—Al final a la derecha. ¿Entonces, te llegó el pariente que te veo feliz?

Tino recogió la sonrisa.

—No, no vino. Seguramente será mañana —le contestó, ya camino del baño.

Fermín lo siguió con la vista, poco satisfecho con su respuesta. Hubiera querido seguirlo, pero los clientes se acumulaban frente a la barra.

La llave del agua corría sin parar e iba llenando el lavamanos. Tino se miraba en el espejo, contento y aislado de las típicas conversaciones acerca del fútbol y las mujeres de un pequeño grupo de hombres que platicaban en el baño. A su izquierda, y sobre la esquina de la pequeña puerta que servía de clóset, colgaba la consabida mochila. Estiró su espalda lo más que pudo mientras sus brazos repetían el gesto, cerró la llave del agua y dobló el torso hasta que su rostro entró completamente dentro del agua acumulada en el lavamanos por unos segundos, sacó la cabeza, se arregló el cabello mojado y volvió a observarse en el espejo.

Haló un bulto de papeles de la dispensadora y se secó lentamente mientras intentaba acomodarse el cabello que aún le cubrían la frente. Tiró los papeles al cesto y se colocó la mochila en la espalda.

El bullicio en el bar era insoportable. Tino se movía lentamente entre el gentío en dirección a la puerta de salida cuando vio a Fermín, que le gesticulaba desde la barra para que se acercara. Cambió su rumbo en dirección a él. Se apretó como pudo entre dos clientes y se acomodó en la barra.

—Dígame, ¿me quedó por pagarle algo? —preguntó sorprendido.

—No, nada. Es su pariente, que ha llegado —Fermín le señaló el hombre a su derecha, que, en ese momento, se giró sobre la banqueta de forma tal que ambos quedaron frente a frente.

El rostro de Tino se contrajo al ver a Miguel. La alegría desapareció y cerró el puño con toda su fuerza.

Miguel, riendo y mirando a Tino desafiante le abrió los brazos.

—¿Coño, no me vas a dar un abrazo? —preguntó sarcástico poniéndose de pie.

Tino cedió y lo abrazó levemente mientras Fermín observaba detenidamente las reacciones de ambos. Tino volvió la mirada hacia él.

—Gracias por todo —le dijo y comenzó a caminar a toda prisa hacia la salida del bar seguido de cerca por Miguel.

Tino se detuvo en el medio de la calle, de espaldas a casa de Sergio y bajo la fuerte luz naranja que, mezclada con el brillo de la luna llena, iluminaba la calle. Miguel se paró frente a Tino con la misma actitud del bar, se sentía vencedor.

—No nos diste opción y tuve que venir personalmente a encargarme de ti —le explicó confiado: había un dejo de soberbia en su voz.

—De veras, no me lo esperaba —dijo Tino frustrado—. Siempre pensé que iba a ser Rosa la traidora. Es mejor que tu padre no viva para ver en el pedazo de mierda que te has convertido. Pero no te preocupes, que le vas a tener que dar la cara cuando lo veas por allá arriba, porque hoy, hoy tú te vas a morir —lo amenazó con rabia.

Miguel ocultó el miedo. Sabía bien que Tino era lo suficientemente hábil como para matarlo en cuanto tuviera una oportunidad. Extrajo un walkie-talkie del bolsillo de su pantalón, idéntico al del asaltante en Ronda.

—Ya gotov —dijo Miguel en ruso, hablando por el walkie-talkie.

Al escucharlo, Tino volvió a sentirse sorprendido.

—Eres tan torpe que escogiste al peor aliado —le soltó con desdén—. Te hubiera respetado un poquito si fueran los americanos. No importa, me da igual quiénes o cuántos son ustedes, no me van a tocar a mi familia y no les voy a dar el video —lo desafió iracundo.

Miguel miró hacia la puerta del bar que se mantenía abierta. Podía ver y escuchar a los clientes en su interior. Dio tres pasos hacia atrás y desenfundó una moderna pistola Kalashnikov de 9mm de su cintura. Encendió una pequeña linterna acoplada bajo el cañón del arma y mantuvo el brazo paralelo a su cuerpo para disimular el arma ante cualquier inesperado transeúnte.

—Tira la mochila al piso y date la vuelta —ordenó.

Tino obedeció y dejó rodar la mochila por su espalda hasta caer sobre la calle. Se volteó y dio el primer paso en dirección a casa de Sergio.

—No, toma el sendero —le ordenó el traidor.

Se frenó en seco. Confiaba en que Miguel desconociera la presencia del Decano. Giró hacia su izquierda y avanzó en dirección a la entrada del sendero, que comenzaba justo bajo el poste de luz. Miguel recogió la mochila del piso, se la echó sobre la espalda y se reincorporó detrás de Tino a un par de metros de distancia.

—Uzheidu —dijo Miguel mientras ambos se internaban en el bosque.

Tino valoraba sus opciones mientras caminaba lentamente por el oscuro sendero. Miguel iluminaba el paso a unos dos metros de distancia de él.

—El video no está aquí, estás perdiendo el tiempo —intentó disuadirlo y se detuvo en un pequeño claro.

Miguel se detuvo también, salvando la distancia, mientras escuchaba lo que le decían a través del minúsculo auricular dentro de su oído.

—¿Están todos? —preguntó—. Avísenme cuando acaben y esperen por mí.

—Deben estar cenando —Tino le contestó, aunque sabía que no hablaba con él—. El video lo dejé escondido en Ronda, lejos de mi familia, previendo que sucediera exactamente esto.

—Perfecto. Vamos a darles cinco minutos para que terminen de cenar y los recogemos a todos para marcharnos a Ronda de una vez.

—Tú sabes que eso no va a suceder.

—Ya veremos —esta vez, el tono de Miguel fue amenazante.

—¿No te interesa saber quién me dio el video? —trató de distraerlo.

—Quizá en otro momento sí, pero ya no. Cuando entregue el video, me retiro con los cinco millones que me van a pagar y me desaparezco.

—Te regalaste, tovarich —dijo Tino en burla—. A mí me ofrecieron veinte. Pero no te sientas mal porque los rusos no te iban a dejar vivo por mucho tiempo. ¿Te puedo hacer una pregunta? —le dijo Tino.

—Claro —respondió a regañadientes.

—¿Cuándo te reclutaron?

—Para que torturarte, Tino; si te respondo lo que me preguntas, te voy a hacer daño, créeme —contestó devolviéndole la burla y con cierta condescendencia.

Tino se quedó en silencio esperando la respuesta de Miguel mientras pensaba a toda prisa cómo salirse de la situación.

—En Moscú, hace cuatro años, cuando fuimos con el cambio de gobierno.

—¡Qué rápido te rajaste! —intentó ofenderlo, pero no lo logró: el traidor sonreía imperturbable.

—Es que Irina puede ser muy persuasiva, ¿qué podría decirte? —le confesó en tono morboso—. Si te hubieras ido de parranda esa noche en La Habana, lo hubieras comprobado por ti mismo.

—¿Irina? A Irina solo me faltó ponerle el tete y acostarla a dormir después del cuento que le hice.

Tino quería ganar tiempo y trataba de controlar su ira después de conocer la verdad sobre su compañero. Se agachó para ajustarse el cordón del zapato, pero en realidad solo quería saltar sobre el traidor y matarlo. Miguel se quitó la mochila de Tino de la espalda y la revisaba mientras escuchaba atentamente lo que le decían por el auricular. Extrajo un cuchillo de mesa y se lo mostró a Tino.

—¿En serio? —preguntó subestimándolo.

—Dámelo y te enseño cómo usarlo —respondió Tino desafiante.

Miguel contuvo la respiración. Devolvió el cuchillo a la mochila y la tiró al monte.

—Levántate. Seguimos —le ordenó.

Se puso de pie decidido a arriesgarse e ir a por el cuello del otro en la primera oportunidad que tuviera. Un frondoso árbol obstaculizaba parcialmente la continuación del sendero después del claro. Lo bordeó y Miguel lo imitó manteniendo los dos metros de distancia de él.

—¡Para, hijo de puta! —susurró el Decano colocando su pistola Star contra la sien de Miguel tan pronto rebasó el árbol.

Tino se volteó al escuchar la voz del viejo y sintió un alivio enorme. Regresó de inmediato hasta Miguel y le quitó el arma, el auricular y el walkie-talkie. Introdujo rápidamente el auricular en su oído.

—Cojones, Decano, ¿cómo supiste? —preguntó en un murmullo.

—Fermín llamó a Sergio tan pronto ustedes salieron del bar preguntando a ver si todavía estábamos esperando a alguien de la familia —le respondió sin quitarle la vista a su presa—. Supuse que ibas a usar el lugar para hacer una estadía y asegurarte de que no traías cola antes de llegar a la casa.

—Este cabrón me conoce demasiado bien y esperó pacientemente —dijo Tino molesto consigo mismo y mirando a Miguel —. Fermín se debe haber asustado por la cara que puse cuando vi al hijo de puta este en la barra — conjeturó aliviado—. ¿Los niños, todos bien? ¿Cuántos son ellos?

—No te preocupes, todos están bien. Creo que son dos nada más por los movimientos que vi en el manzanal detrás de la casa. No te va a ser difícil localizarlos porque el césped no está muy alto. Ve tú, yo me quedo aquí con este. Estamos paralelos a la casa. Avanza recto unos cien metros por el bosque y sal a la derecha, que te vas a encontrar con el final del manzanal.

Tino expulsó el peine de la Kalashnikov de Miguel, hizo un conteo de sus balas y volvió a colocarlo en su lugar. Rastrilló suavemente la pistola para evitar hacer ruido y se introdujo en el bosque, fuera del sendero. El Decano agarró al traidor por el cuello y lo apretó para obligarlo a pararse contra el árbol. —Una palabra y te vuelo la cabeza —le dijo apuntándole con la pistola.

Tino corría tan rápido como se lo permitían el terreno y el instinto. Lo hacía en línea recta, paralelo al manzanal y consciente de la distancia que el viejo le había sugerido. El auricular inalámbrico en su oído se mantenía en silencio, pero estaba seguro de que no seguiría así por mucho más tiempo. Giró a su derecha tan pronto estuvo convencido de haber cubierto los cien metros. Llegó hasta el borde del manzanal. La luz de la luna le ayudaba a buscar sombras irregulares entre los árboles que delataran la presencia de los hombres de Miguel. Descubrió la primera figura apostada bajo un camuflaje artificial, justo en el límite entre el manzanal y el bosque, a pocos metros frente a él y diagonal a la casa. «Es un buen punto de observación y seguramente el último hombre», pensó Tino. Desde allí, no solo se veía toda la casa de Sergio, sino gran parte de la calle frente a esta gracias a su pendiente.

Regresó al bosque para colocarse de forma paralela a él evitando mover ninguna rama que revelara su existencia. Se detuvo a cinco metros de este, oculto detrás de la espesa vegetación que los separaba. Se puso en cuclillas, colocó la pistola al costado del árbol donde se escondía. Agarró un pedazo de una rama caída y la lanzó hacia su izquierda. Retornó la vista hacia el hombre para observar su reacción. El ruido fue ligero, pero perceptible. El hombre haló la manta verde oscura que lo cubría y corrigió su posición en dirección al sonido dejando ver un fusil ruso Val con mira telescópica y silenciador. Se ajustó las gafas de visión nocturna y exploró cuidadosamente el área de donde provino el sonido. Estaba completamente vestido de camuflaje, incluido su rostro, que había pintado con tinta negra. Regresó a su posición original y volvió a cubrir todo su cuerpo con la manta verde.

El reloj de Tino marcaba las nueve y media de la noche. Se lo quitó y lo puso junto a la pistola. Se mantuvo agachado; en esa posición, se quitó ambos zapatos, las medias, el pulóver que vestía y, por último, desenganchó la linterna instalada bajo el cañón de la pistola. Se llenó ambas manos de fango y lo dispersó por sus brazos, torso y cara tratando de camuflar la piel descubierta. La fría temperatura del barro le estremeció todo el cuerpo, alistándolo para lo que se avecinaba. Colocó la manga del pulóver en la palma de su mano izquierda y sobre esta acomodó el cañón de la Kalashnikov. Cerró el puño y cruzó el resto del pulóver por encima del arma hasta forrarla completamente y que la empuñadura quedara como una extensión de la mano.

Agarró el reloj con la mano derecha y se puso de pie. Podía ver los reflejos de las luces de la casa de Sergio.

Pensó en sus hijos y en Claudia. Rastreó la luz proveniente de la luna llena y empezó a moverse en absoluto silencio hacia el extremo del bosque. Buscó la sombra en el primer manzano que le quedó de frente. Dio un paso largo para cobijarse junto al árbol, cubierto por sus ramas repletas de frutas. Sostuvo la respiración y dio otro paso hasta el segundo árbol. Le quedaba uno más para alcanzar al hombre escondido bajo la manta apenas un metro frente a él.

El cuerpo del tirador estaba muy quieto, su controlada respiración hacía casi imperceptible el uniforme movimiento de la manta que lo envolvía. Había alcanzado la altura de sus piernas. Le faltaban solo dos movimientos para alcanzar el lugar ideal. Posicionó la pierna derecha a la altura de la cintura del hombre. Sosteniéndose sobre el pie derecho, desplazó el izquierdo a la misma altura mientras dejaba caer sobre la manta el reloj que sostenía en su mano derecha. El giro del hombre al sentirlo en su espalda fue brusco, suficiente para que Tino lo recibiera con un golpe seco y potente a la altura del oído que le provocó un desmayo inmediato.

Empujó el cuerpo inerte del hombre boca abajo y se acostó rápidamente a su lado. Le quitó las gafas de visión nocturna y lo reconoció como uno de sus perseguidores en Córdoba. Se las colocó y exploró los alrededores buscando al resto del equipo de Miguel. El Decano tenía razón, detectó otro asaltante con igual disposición de equipos y armas a mitad del manzanal, a cincuenta metros de él de acuerdo con la medición automática generada por las gafas de visión nocturna. Estaba ubicado directamente en el centro, vigilando la casa. Esperó. Se mantenía quieto. Se quitó las gafas de visión nocturna y se acostó encima del hombre inconsciente a su derecha. Se arrodilló sobre su espalda y cruzó la mano izquierda por su rostro agarrándole la barbilla mientras la derecha se apoyaba en la parte trasera de la cabeza. Con un ágil movimiento, le fracturó el cuello.

LA ENTREGA

El Decano trataba de no mostrarse impaciente frente a Miguel. Inclinado contra el árbol a sus espaldas, miraba de reojo en dirección hacia la casa esperando una señal de Tino.

—El récord de puntuación que tenías en el campo de tiro ya es historia. Lo hice mierda —lo provocó Miguel, aunque sin alzar la voz—. ¿No me crees? Pregúntale a tu alumno favorito.

Se puso en cuclillas y se recostó contra un árbol, lucía cansado. Sus movimientos pusieron en alerta al Decano.

—Párate y cierra el pico —musitó el viejo, pero con autoridad.

—No jodas, Decano, estoy cansado.

—Cansado ni cojones. Párate —le exigió en voz baja.

Ignoró la orden y el Decano dio un paso hacia adelante apuntándole a la cabeza. Miguel se impulsó apoyando un pie contra el árbol y empujando hacia el lado del brazo que sostenía la pistola. Lo golpeó directo en la mandíbula noqueándolo al instante. El viejo cayó de un golpe contra el árbol y comenzó a sangrar por la frente. Miguel se acercó a él, le quitó la pistola y salió corriendo en dirección a la casa de Sergio.

La luna llena estaba casi totalmente cubierta por las nubes y en el manzanal apenas se distinguía algo. Tino acomodó la pistola Kalashnikov en su cintura, recogió el fusil Val y se enganchó las gafas de visión nocturna. Daba pasos largos de árbol en árbol buscando una mejor posición para disparar. Con cada paso que daba, exploraba el interior de la casa de Sergio. Llegó hasta un árbol con pocas ramas. Se inclinó contra este mientras se quitaba las gafas de visión nocturna. Se acomodó el fusil al hombro y buscó al segundo asaltante a través de la mirilla telescópica. Aguantó la respiración y apuntó directo a la cabeza que sobresalía ligeramente de la manta verde. Hizo un disparo. El silbido de la bala fue tan breve que apenas fue perceptible. Chequeó por la mirilla. Disparó por segunda vez.

Llegó hasta el asaltante y se agachó a su lado. La sangre se había esparcido por toda la manta. Lo volteó y se aseguró de que ya no respiraba, aunque era prácticamente imposible que lo hiciera después de dos disparos en la cabeza. Observó su rostro, era el segundo hombre del Toyota Prius. Hurgaba en sus bolsillos cuando oyó los ladrillos de un perro y percibió un débil reflejo de luz provenientes de la casa de Sergio.

—¡Tino! —le gritó Miguel.

Se puso de pie tan pronto escuchó el grito tan cercano de Miguel. Corrió en dirección a la casa y se detuvo en el límite entre el manzanal y el huerto al ver a Miguel, quien estaba en el portal trasero de la casa de Sergio, agarrando a su hijo Lucas y apuntando a su cabeza con la pistola del Decano.

—Tira el fusil y la pistola —dijo Miguel.

Tino miró a su hijo Lucas que lloraba sin cesar. Las luces de sus zapatos eran una distracción insoportable. Tino buscó a Claudia a través de la puerta abierta. Estaba cargando a Rafael y lloraba de rabia. Junto a ella estaba Sergio y detrás, su esposa con el niño tratando de consolarlo. Tomó la pistola Kalahsnikov de su cintura la tiró a un lado, deslizó el fusil por el costado de su cuerpo, apoyándolo contra la tierra, tratando de esconderlo y comenzó a caminar hacia la casa.

—No tan rápido Tino.

La frase detuvo en seco a Tino quien no dudó en obedecer.

—El fusil —exigió Miguel señalando hacia el bosque. —Tíralo.

—Todo va a estar bien, mi amor —dijo con ternura mirando a Lucas y a Claudia. Lanzó con rabia el fusil hacia el bosque sin quitarle la mirada a su hijo. Avanzó hasta los dos escalones que separaban el huerto del portal.

—El video, ¡ahora! —le exigió Miguel, que comenzaba a descomponerse.

Miguel apretó el cuerpo contra la pared de la casa, justo al lado de la puerta, y sujetó con más fuerza a Lucas.

Tino subió un escalón.

—Tino, no camines más —le gritó desesperado.

LA ENTREGA

—¿Quieres el video o no? —le preguntó desafiante.

—Dime donde está, Sergio puede buscarlo —su excompañero estaba muy nervioso y lo mostraban sus gestos y el temblor de su voz.

—Tienes una pistola en la cabeza de mi hijo, no voy a jugar con su vida. Yo tengo el video, yo te entrego el video, nadie más —demandó.

Tino se puso de rodillas y estiró el brazo buscando el zapato izquierdo de Lucas. Miguel lo miró incrédulo. Lucas levantó la pierna tratando de alcanzar la mano de su padre, quien le quitó el zapato. Extrajo un corto cable USB escondido en el talón interior del zapato y haló de su punta, la memoria flash azul cielo colgaba al final de este. Tiró el zapato a un costado.

—Toma —estiró el brazo con la memoria en la punta de los dedos—. Deja ir a Lucas.

Miguel estaba indeciso. Colocó la pistola en la misma mano con la cual agarraba a Lucas y lo obligó a dar dos pasos hacia adelante. Le arrebató la memoria de los dedos a Tino y se movió de vuelta, rápidamente, contra la pared.

El silbido de la bala rozó el rostro de Tino, que se había lanzado sobre Lucas y la mano de Miguel que sostenía la pistola. El cuerpo del traidor descendía sin vida por la pared manchada de sangre con un disparo que había entrado limpiamente a la altura de su sien. Tino arrebató la pistola de la mano de Miguel, cargó a Lucas en sus brazos y corrió al interior de la casa. Cerró la puerta tras de sí y se abrazó a Claudia y Rafael.

—Me dijo que había venido en tu ayuda. Fui una estúpida porque fui yo quien le abrí la puerta —balbuceaba Claudia llorando.

Tino la consoló abrazándola. Sergio intentaba calmar al perro mientras su esposa se marchaba con el niño de ambos hacia su dormitorio. El perro no cesaba de ladrar hacia el exterior de la casa. Sin soltarlo, abrió la puerta con cautela.

—¡Decano! —exclamó Sergio saliendo a toda prisa de la casa junto con la mascota.

Tino reaccionó al escuchar el nombre del viejo y lo siguió. Su mentor, con el rostro lleno de sangre, estaba sentado en la tierra junto al último surco del huerto y con el fusil VAL entre las piernas. Ambos se ofrecieron para levantarlo, pero se negó.

—¿Es verdad lo que me dijo el hijo de puta este, que me había roto el récord de puntación en el campo de tiro? —preguntó mientras se ponía de pie apoyándose en el fusil.

Tino se reía de la pregunta mientras ayudaba junto con Sergio a sostener al Decano.

—Claro que no, Decano, ese récord es imbatible —respondió Tino.

Los tres comenzaron a caminar lentamente hacia la casa acompañados por el perro, que no paraba de ladrar y saltar entre ellos.

Capítulo VIII
Empezar de cero

Sentado en una banqueta, Tino miraba desde la barra la pantalla del televisor colgado frente a él mientras Pietro no cesaba de hacer ruidos caminando de un lado a otro para organizar las mesas y sillas del lugar, y recoger los vasos y botellas usados. Aunque era el único cliente del bar, el volumen elevado del televisor competía con el ruido exterior que se colaba a través de las ventanas, incluso cerradas. El estruendo lo provocaban los motores de las asfaltadoras, que trabajan sin cesar en medio de la noche bajo una potente luz blanca.

—¿Estás seguro de que recibió el mensaje? —preguntó, girando sobre la banqueta y buscando a Pietro con la mirada—. Llevo tres horas aquí y ahorita esta gente termina allá afuera de trabajar.

Pietro caminó hasta la parte interior de la barra, agarró una botella de agua de la nevera situada bajo el mueble de madera y se la tomó de un golpe.

—Él sabe que estás aquí, pero si viene o no, queda por él. Y no te preocupes por ellos allá afuera. Trabajan para mí y solo se irán cuando les diga —aseguró, y luego de leer la hora en su reloj le dijo—. Quedan dos horas para que amanezca. Tienes tiempo. ¿Quieres tomar algo?

—Sí, dame un agua.

Pietro se agachó y tomó una botella de agua. La dejó sobre la barra y regresó a sus quehaceres. La puerta frontal se abrió y entraron tres obreros vestidos con ropas de trabajo, incluido un protector plástico tintado en negro que colgaba de sus cascos y que les cubría completamente el rostro. Tino se volteó para ver de quién se trataba y, al verlos, regresó de inmediato su vista a la pantalla del televisor. Pietro llamó a dos de los operarios desde el fondo del bar mientras el tercero se acercaba a la barra en dirección a Tino.

—¿No te embullas a pavimentar la calle conmigo? —le preguntó una voz conocida quitándose el casco junto con el protector y colocándolos sobre la barra.

Tino se sorprendió al ver a Matt, quien estaba irreconocible.

—Cojones, es que sin traje y corbata pareces siempre otra persona.

Tino se puso de pie para darle la mano a Matt, que intentaba quitarse el pesado guante de la mano derecha.

—Tenía que asegurarme de que no habría sorpresas después de todo lo que has pasado.

Matt, seguido por Tino, empezó a caminar hacia el fondo del bar en dirección a Pietro, quien, al verlos acercarse, fue hacia la puerta principal, acompañado de los otros dos obreros, para asegurarse de que no pudiera abrirse desde fuera. Tino y Matt se sentaron en la última mesa.

—Todo está cogiendo forma, finalmente —dijo Tino aliviado—. Rosa asumió toda la responsabilidad por la supuesta traición de Miguel trabajando para "ustedes" —enfatizó la última palabra y miró con complicidad a Matt.

—Todavía me cuesta creer que Rosa haya tomado tal decisión.

—Ella prefería renunciar que darle el gusto al ministro para que la botara deshonrosamente. A su manera, se salió con la suya y todos podemos cerrar este capítulo que no hacía feliz a nadie.

—No te confíes, que los rusos no van a olvidarse tan fácil. Algo traman cuando no han ido tras de ti con todo.

Tino ignoró el comentario con total intención.

—En estos días he podido reorganizarme y alejarme de todo el ruido.

—Me alegro. ¿Y tú? ¿Qué van a hacer contigo? —preguntó, tratando de ocultar su ansiedad por conocer la respuesta.

Tino miró hacia la pantalla del televisor, pasaban en ese momento un noticiero de CNN que anunciaba una noticia de último momento.

—Creo que ya van a dar la noticia —dijo y señaló a la televisión. Matt también buscó la pantalla con la vista.

Una joven y sobria locutora de televisión se preparaba para leer una noticia. Su nerviosismo era evidente. El maquillaje se le corría levemente en la frente producto del sudor.

—Acabamos de recibir una nota de la Casa Blanca a la que daremos lectura a continuación: "El presidente Román Whitaker ha decidido renunciar a su candidatura por el Partido Republicano a las elecciones del presente año por motivos familiares. Agradeciendo a todos sus seguidores a lo largo de la nación y confiado en la fortaleza de su partido, el presidente Whitaker trabajará arduamente durante estos últimos meses que le restan de su mandato para cumplir las promesas pendientes de ejecución y que formaron parte de su plataforma presidencial. Que Dios los bendiga a todos y a los Estados Unidos de América".

La locutora respiró aliviada al terminar la cita y pasó la transmisión a un grupo de trasnochados panelistas dispuestos a comentar la noticia del momento.

—Muy bien hecho, Tino. Gran trabajo, de veras —lo felicitó Matt con sinceridad—. Nos evitamos el impeachment. Tan pronto The Guardian contactó a Román para pedirle un comentario acerca del video, no tuvo otra salida que irse.

—Sí, a ustedes les ha funcionado muy bien. Pero no olvides que esto es por Cuba también. Yo cumplí mi parte del trato, ahora les toca a ustedes cumplir la suya —le recordó el cubano.

—Ya verás que sí. Tan pronto se elija al nuevo presidente en las elecciones de noviembre, las cosas entre nuestros países volverán a ser como antes de Román o mejor, quién sabe.

—¿Sin importar quién gane? —preguntó con desconfianza.

—Sin importar quién sea el próximo presidente de los Estados Unidos. Créeme, todos —enfatizó Matt—, querían deshacerse de Román. Puedes hacer muchas cosas como presidente de los Estados Unidos, algunas incluso cuestionables, pero cagarte en la Constitución, eso no va a suceder nunca. No está en nuestro ADN.

—El Estado Profundo en plena acción —dijo casi burlándose.

—¿Y qué eres ahora mismo sino tu propia versión del Estado Profundo? —le cuestionó Matt sin esperar respuesta—. Créeme, es genial, pocos tienen el privilegio de vivir lo que estás construyendo.

—Estas soñando Matt —comentó Tino evasivamente, aunque recordaba muy bien algo similar que le había dicho Rosa en su última conversación.

—Para nada. Eso sí, existe una diferencia abismal entre tu Estado Profundo y el nuestro. Tu objetivo es muy personal y lo entiendo, pero nosotros, y te aseguro que somos más de los que puedas imaginarte, trabajamos para proteger nuestra democracia. Además, solo no vas a lograr mucho más de lo que te permite tu puesto, mientras lo conserves.

Matt se percató enseguida de que su último comentario no había caído bien.

—Aún le quedan unos cuantos meses antes de noviembre. Una guerra...

—Román lo único que hace actualmente en la Casa Blanca es dormir —lo interrumpió Matt—. Tino, tú y yo seguiremos siendo colegas —dijo con ambigua intención mientras revisaba el bolsillo interior de su overol ante la desconfiada mirada de Tino—. Mira, te lo regalo, estoy seguro de que algún día lo necesitarás.

Estiró el brazo sobre la mesa y le entregó un rectangular y transparente estrecho estuche plástico con una memoria flash pequeña en su interior. Tino lo detalló con curiosidad.

—¿Qué es esto?

—¿Llegaste a ver el video en la memoria? —le respondió Matt con otra pregunta.

LA ENTREGA

Tino negó moviendo la cabeza, lo que parecía una respuesta obvia para ambos.

—Te sorprendería, hay suficiente para poner a Román en la cárcel por el resto de su vida —dijo complacido—. Pero como imaginarás, va a ser indultado, no podemos enviar a la cárcel a un presidente en funciones.

—No, por supuesto que no. Primero lo querrían muerto —ironizó Tino.

—Perfecto, entonces vas a disfrutar mucho más la historia detrás del regalo —le advirtió complacido—.

¿Recuerdas la visita del ministro ruso de Relaciones Exteriores a la Casa Blanca?

Tino asintió.

—Pues este fue el identificador de visitante que utilizó su traductor. Como de nuestra parte solo estaba el presidente en esa reunión —dejó sin terminar la frase por unos segundos para disfrutar la expectación en el rostro del cubano—. Dentro del clip metálico que sostiene el plástico está la cámara con la que hicimos el video. Es minúscula, indetectable —aseguró con orgullo—. El software para operarlo y encriptarlo está en la memoria flash.

Le sorprendió el regalo. Sabía que le hubiera sido casi imposible obtener esa tecnología en el mercado negro.

—Coño, al final Rosa tenía razón —murmuró.

—¿Por qué dices eso? —preguntó Matt intrigado.

—Porque Rosa insistía constantemente en no emplear técnicas digitales en nuestro trabajo. Les tenía pánico porque pensaba que la iban a joder.

—A lo mejor tenía razón —afirmó en tono de burla.

Tino sonrió con malicia por la insinuación.

—Gracias, Matt, gracias... De veras —respondió con genuino agradecimiento.

—Espero que te sea útil donde quiera que vayas.

Tino miró fijo a Matt, dudando en responderle.

—Me mandaron como jefe de Centro —ambos se quedaron en silencio, expectantes—, a Venezuela.

La confesión de Tino era algo que no esperaba Matt, quien no pudo esconder su inquietud ante la noticia.

Observaba arrepentido el regalo que le había hecho un par de segundos antes y que Tino escondía entre sus manos.

—Demasiada información, ¿no te parece? Te están comprometiendo, entregándote el centro de inteligencia del G2 más grande del mundo fuera de La Habana —reflexionó preocupado—. Sin contar lo que implica ese lugar y del cual te harán cómplice: tráfico de drogas, agentes ilegales por todo el mundo y, lo más peligroso, Hezbolá.

Matt tenía razón y Tino lo sabía.

—No tuve opción, Matt, tenía que hacerlo. Si no lo hubiera aceptado, no estaría aquí y no quiero ni pensar lo que le hubieran hecho a Claudia y los niños. Recuerda que ella también fue testigo de lo que pasó en Galicia. Esa fue la orden del ministro en Cuba cuando regresé y sabes bien que eso no nació allí. Se lo impusieron los rusos para firmar mi compromiso o mi sentencia de muerte.

—Claro, te entiendo —acertó a decir el norteamericano aún desconcertado con la noticia y escaso de palabras—. Solo espero que se hayan quedado los tres en Barcelona.

—Sí, eso fue lo que hicieron. Como ya el divorcio es oficial —suspiró resignado—. Pero es lo mejor, allí van a estar a salvo bajo el cuidado de la familia de Claudia, aislados de toda esta mierda.

—Sabes que, si lo deseas, puedes quedarte ahora mismo en Canadá y yo personalmente te conduzco hasta el FBI para que tú y tu familia se inserten en el Programa de Protección de Testigos.

Tino lo observó con detenimiento y no pudo evitar mostrar un poco de interés. Matt no ocultaba una felicidad a medias: esperaba una respuesta positiva.

—Para convencer a Claudia de hacer algo como eso, tengo que contarle muchas cosas sobre mí que ojalá nunca sepa. Y si lo hiciera, puedes estar convencido de que no lo aceptaría. Te lo agradezco, pero no; yo, sin ellos, no me voy a ir a esconder a un pueblo perdido en el medio de Nebraska.

Matt se puso de pie, frustrado por la respuesta de Tino y comenzó a ajustarse el overol. Buscó con la vista a Pietro, quien conversaba con los otros dos obreros en la barra.

—Tengo que regresar al trabajo —se burló de sí mismo para disimular su enojo.

Tino se levantó y le extendió la mano. Enseguida reciprocó el gesto.

—Cuídate Tino. Si algún día me necesitas, sabes cómo localizarme —se ofreció, a modo de despedida final.

Tino asintió. Matt fue hacia la barra y recogió el resto de su vestimenta. Se colocó el casco y el protector facial. Junto con los dos obreros y Pietro, caminó hacia la puerta del bar, pero se quedó de último y, antes de marcharse, justo en el umbral de la puerta, se giró y escudriñó con la mirada el fondo del bar, pero Tino ya no estaba.

About the Author

Iohamil Navarro Cuesta se graduó como Licenciado en Lengua y Literatura Inglesa en la Universidad de La Habana en 1994. Comenzó su carrera profesional como asistente de producción en el Instituto Cubano del Arte e Industria Cinematográficos. Su primer proyecto como productor de largometrajes fue la aclamada película El Benny de Jorge Luis Sánchez. Ha producido filmes y series de TV cubanos e internacionales tales como Cuba Libre, Yes, Huracán Chamaco, El Rey del Mundo entre otros. La Entrega es su debut como escritor. Actualmente prepara la producción de su primer guion cinematográfico.

About the Publisher

UriArte Publishing & Consulting
  Miami, Florida, U.S.A
  uriartepublishing@gmail.com
  https://www.facebook.com/share/hdVB98nhbzx22sCV
  Read more at uriartepublishing.com.

www.ingramcontent.com/pod-product-compliance
Lightning Source LLC
LaVergne TN
LVHW092049060526
838201LV00047B/1311